名家名篇里的
朗诵密码丛书

扫描书中二维码，跟

经典古诗词里的
朗诵密码

JINGDIAN GUSHICI LI DE
LANGSONG MIMA

主　编　柏玉萍

副主编　陆广平

编　委　柏玉萍　许华清
　　　　朱翠萍　何　华

领衔朗诵　李　歌　柏玉萍

朗　诵　陈　静　张　春

济南出版社

图书在版编目（CIP）数据

经典古诗词里的朗诵密码 / 柏玉萍主编 . —— 济南：
济南出版社，2024.3
（名家名篇里的朗诵密码丛书）
ISBN 978-7-5488-6100-3

Ⅰ . ①经… Ⅱ . ①柏… Ⅲ . ①古典诗歌 – 诗集 – 中国 –
儿童读物 Ⅳ . ① I222.72

中国国家版本馆 CIP 数据核字（2024）第 035432 号

经典古诗词里的朗诵密码

JINGDIAN GUSHICI LI DE LANGSONG MIMA

柏玉萍　主编

出 版 人　谢金岭
图书策划　赵志坚　刘春艳
责任编辑　赵志坚　李文文　孙亚男　刘春艳
封面设计　谭　正
封面绘图　王桃花

出版发行　济南出版社
地　　　址　济南市市中区二环南路 1 号（250002）
总 编 室　0531-86131715
印　　刷　东营华泰印务有限公司
版　　次　2024 年 3 月第 1 版
印　　次　2024 年 3 月第 1 次印刷
开　　本　170 mm×240 mm　16 开
印　　张　8
字　　数　64 千字
印　　数　1—5000 册
书　　号　ISBN 978-7-5488-6100-3
定　　价　39.60 元

如有印装质量问题 请与出版社出版部联系调换
电话：0531-86131736

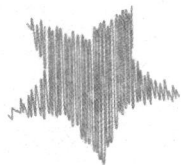

寻找朗诵的"密码"

朗诵，真的有"密码"吗？

当然有。

不然，你怎么会读着读着就笑了，听着听着就流泪了呢？是什么打开了你的情感之门？对，是朗诵的"密码"。

那朗诵的"密码"是什么呢？

在我看来，是一双会发现的眼，一颗能感受的心，一张善表达的嘴。

看——

　　小草偷偷地从土里钻出来，嫩嫩的，绿绿的。

睁大你的双眼，你发现这一段是写什么的了吗？是的，这段文字描绘的是小草怎么从土里钻出来的，还有小草的颜色是怎样的。

再打开你的心，你在生活中是否见过这样嫩、这样绿的小草？也许你平时没有留意过小草是怎么从土里钻出来的。没关系，你可以把自己当作小草来感受一下：春风轻轻地吹拂大地，在土里沉睡了一个冬天的你最想做什么？是呀，使劲地钻，悄悄地钻，展现你顽强的生命力。你多么想早点加入这春天的盛会呀！

于是，你在内心深处为这小草鼓掌，你仿佛也成了这嫩绿嫩绿的小草中的一棵，你是多么欣喜呀！

现在，你一定迫不及待地想要把你的这份喜爱通过声音表达出来，你希望让听者也看到小草"钻"出土地的样子，让他们也感受到小草的嫩绿，感受到小草的可爱。你的嘴开始积极主动地表达起来！

来吧——

小草偷偷地／从土里钻出来，嫩嫩的，绿绿的。

这时，你的声音有了温度，有了色彩，你内心情感的河流也开始流淌起来。这时，你的声音就有了情感，有了活力，你的表达正变得有声有色！

为什么我们要以"朗诵密码"来作为这套丛书的主题呢？我们坚信：每个人都是自带"密码"的。只不过，有时候我们会忘记它们。我们会故意用高声大嗓来表达我们胸中激荡的情感，故意把声音做出高低变化来表示我们在朗诵……这些都不是真正的

"朗诵密码"。

朗诵的密码就在我们自己这里，不需要刻意夸张为之。我们需要真的看到、真的听到、真的想到、真的感受到文字里的画面，让自己的情感自然而然地流露出来。只有这样，"真"的朗诵才会诞生！

为了帮助你轻松地破译朗诵密码，我们给每篇文学作品编排了"走近作家""走进作品"栏目，去提醒你发现文字里的奥秘；每篇文章都有一个重要的栏目——"朗诵密码"，我们是想和你交流怎么做可以将真实的感受表达出来；我们还编排了"拓展延伸"栏目，是希望你由朗诵走向更为广阔的实践天地。

"名家名篇里的朗诵密码"系列按照不同的文体分设诗歌卷、散文卷、故事卷、古诗词卷等，有这些优秀的文学作品为伴，你的童年会更加丰富多彩。还有一卷很特别——那就是亲子朗诵卷，希望这套丛书不仅让你爱上朗诵，还能影响你身边的大人也爱上朗诵。

为了让你更好地掌握朗诵本领，我们给每篇文章都做了朗诵标注，帮助你掌握更丰富的朗诵技巧。标注了"．"的字词要特别强调，这样的技巧叫"重音"；句子中标注了"／"，表示读到这里要稍稍停顿一下；句子之间标注了"⌣"，这是提醒我们朗诵前后两个句子时停顿的时间要短一些，要把两个句子连接得紧密一些。我们还给每篇文章都配了朗诵音频，供你欣赏和借鉴。我们还把每一个作品的配乐提供给你，希望你能伴着音乐享受朗诵的乐趣。

　　真诚地希望：朗诵，不止于朗诵。希望你破译属于自己的"朗诵密码"，借着声音的翅膀飞进精彩的文学世界；希望你能学会朗诵，用你的声音去体验和表达丰富的情感，拥有一个能想象、会感受的有趣的灵魂；更希望你能掌握朗诵的本领，在舞台上、在众人面前，用生动的语言、自信的状态精彩绽放，让自己闪闪发光！

于上海

目录

第三单元　传统佳节

第四单元　依依惜别

第五单元　烽火边塞

第六单元　读书不倦

第七单元　赤胆忠心

第八单元　人生哲思

四季之美

第一单元

有人喜欢春天，爱它的山青水绿、万紫千红；
有人喜欢夏天，爱它的枝繁叶茂、热烈奔放；
有人喜欢秋天，爱它的天高云淡、硕果累累；
有人喜欢冬天，爱它的银装素裹、天地无瑕。
让我们一起走进诗篇里的四季，感受四季之美！

春 晓

〔唐〕孟浩然

春 眠 不 觉 晓，

处 处 闻 啼 鸟。

夜 来 风 雨 声，

花 落 知 多 少。

诗人名片

　　孟浩然，唐代诗人。其诗清新淡雅，多反映山水田园和隐逸、行旅等生活，在艺术上有独特的造诣。代表作品有《过故人庄》《春晓》《宿建德江》等。

诗情画意

又是一个明媚的早晨，嫩绿的树叶在枝头闪着金光，啾啾的鸟声唤醒了正在熟睡中的人们。我推开窗户，一阵温润的夹杂着芬芳的微风吹来，令人神清气爽。当我看到地上零落的花瓣时，蓦然回想起昨夜的阵阵风雨声，不由得惋惜起来：这阵阵夜雨，也不知道吹落了多少春花啊！

朗诵密码

● 前两行描写了诗人早上醒来后看到春光、听到鸟声时舒展的心情。朗诵时，语气要柔和，带着喜悦之情。

● 朗诵最后一行时，要想象落花满园的景象，可突出"落"字，缓读"知多少"三个字，表现诗人对春花零落的惋惜之情。

诗词互动

请从下面的九宫格中识别出一句诗。

花	多	又
知	逢	时
雨	少	落

诗句：_____

春 日

〔宋〕朱 熹

胜日①寻芳泗水滨，

无边光景一时新。

等闲②识得东风面③，

万紫千红总是春。

注释：①胜日：原指节日或亲朋相聚之日，此指晴日。 ②等闲：寻常。
③东风面：春天的面貌。

诗人名片

朱熹，字元晦，南宋理学家、思想家、哲学家、教育家、诗人，世称"朱
子"。代表作品有《观书有感》《春日》《四书章句集注》等。

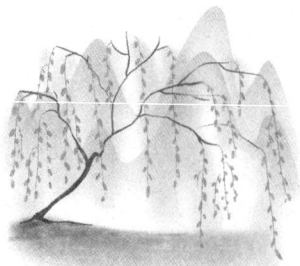

诗情画意

在这风和日丽的日子，我漫步在泗水河边探寻美景。只见无边无际的风光景物焕然一新。春风温柔拂面，阳光照耀大地，到处都是花红柳绿。这万紫千红的景象都是由春光点染的呀！

朗诵密码

● 这首诗表面上看是寻春赞春，其实这里的"寻芳"指的是"寻圣人之道"。朗诵前两行，语速宜缓，语调不宜高。读到"一时新"时，声音里要充满喜悦。

● "总是春"体现了诗人对春天景象的感慨，所以我们要强调"春"这个字，给人以无限的遐想。

诗词互动

1. 诗词接龙：万紫千红总是春→ ＿＿＿＿＿＿＿＿ → ＿＿＿＿＿＿＿＿

2. 飞花令：请写出带"风"字的诗句。

（1）等闲识得东风面，万紫千红总是春。

（2）不知细叶谁裁出，二月春风似剪刀。

（3）＿＿＿＿＿＿＿＿，＿＿＿＿＿＿＿＿。

（4）＿＿＿＿＿＿＿＿，＿＿＿＿＿＿＿＿。

（5）＿＿＿＿＿＿＿＿，＿＿＿＿＿＿＿＿。

约 客

〔宋〕赵师秀

黄梅时节家家雨，

青草池塘处处蛙。

有约不来过夜半，

闲敲棋子落灯花①。

注释：①灯花：指油灯灯芯的余烬，其有如花形。古人认为结了灯花，就有好消息来。

诗人名片

赵师秀，字紫芝，号灵秀，亦称灵芝，宋太祖八世孙。他与徐照（字灵晖）、徐玑（字灵渊）、翁卷（字灵舒）并称"永嘉四灵"，人称"鬼才"，开创了"江湖诗派"一代诗风。代表作品有《约客》《数日》《庵西》等。

诗情画意

在梅子成熟的时节，连绵的阴雨下个不停，池塘的水涨满了，岸边茂盛的青草丛中传来阵阵蛙声。都已经半夜了，约好一起下棋的客人还没有来，我只好无聊地敲打着棋子，看灯花不断落下。

朗诵密码

● 有约不来，真令人着急！我们要带着期盼、焦急又无奈的心情来朗诵这首诗。

● 棋子本不是用来敲的，但诗中"敲"打棋子的动作描写，体现了诗人的百无聊赖。朗诵时，语调低缓，突出"闲敲"二字。

诗词互动

飞花令：请写出带"雨"字的诗句。

（1）黄梅时节家家雨，青草池塘处处蛙。

（2）夜来风雨声，花落知多少。

（3）＿＿＿＿＿＿＿，＿＿＿＿＿＿＿。

（4）＿＿＿＿＿＿＿，＿＿＿＿＿＿＿。

（5）＿＿＿＿＿＿＿，＿＿＿＿＿＿＿。

秋词二首·其一

〔唐〕刘禹锡

自古逢秋悲寂寥，

我言秋日胜春朝。

晴空一鹤排云上，

便引诗情到碧霄。

诗人名片

刘禹锡，字梦得，唐代中晚期著名文学家，有"诗豪"之称。刘禹锡诗文俱佳，涉猎题材广泛，与白居易并称"刘白"，与柳宗元并称"刘柳"，与韦应物、白居易合称"三杰"。代表作品有《陋室铭》《竹枝词》《杨柳枝词》《乌衣巷》等。

诗情画意

　　自古以来，每逢秋天，人们就感叹秋天的凄凉与寂寥。然而，我却要热情地赞颂秋天，秋天比那万物萌生、欣欣向荣的春天更美好。秋日，碧空万里，天朗气清，看，一只仙鹤直冲云霄，推开层云……这情景也激发了我无限的豪情与壮志。

朗诵密码

● 我们要带着热情、豪迈之情来朗诵这首诗。

● 朗诵时，首行低沉；第二行陡然变得激昂，语调高亢起来，气象也开阔明朗了；第三行更是豪迈、奔放，至"排云上"达到顶点；末行稍变舒缓，给人豁达乐观的印象。

诗词互动

　　毛泽东有诗句"不似春光，胜似春光"，他对季节的态度与下列哪项诗句不同？（　　）

A．霜叶红于二月花

B．无边落木萧萧下

C．我言秋日胜春朝

江 雪

〔唐〕柳宗元

千 山 鸟 飞 绝，

万 径 人 踪 灭。

孤 舟 蓑 笠 翁，

独 钓 寒 江 雪。

 诗人名片

　　柳宗元，字子厚，世称"柳河东""河东先生"，唐代文学家、哲学家、散文家和思想家。柳宗元与韩愈共同倡导唐代古文运动，并称为"韩柳"；与刘禹锡并称"刘柳"；与王维、孟浩然、韦应物并称"王孟韦柳"。代表作品有《溪居》《江雪》《渔翁》等。

诗情画意

又是一个寒冬，茫茫白雪，覆盖着整个大地；座座山峰，看不见一只飞鸟；条条道路，竟不见一个人的踪影。天地之大，却万籁俱寂。江中，一个穿着蓑衣、戴着斗笠的老渔翁，乘着一叶孤舟，在寒冷的江面上独自垂钓。

朗诵密码

● 全诗的情感基调是深远孤寂的。朗诵时，声调可稍低，语速宜稍慢。

● 朗诵时，在"千山""万径"之后要停顿一下，让宏大的背景与孤寂的诗人形成鲜明的对比。

● 读"孤舟"和"独钓"时，声音可拖长一些，这样才能把诗人孤寂的心境表现出来。

诗词互动

请从下面的九宫格中识别出一句诗。

独	江	归
钓	风	寒
人	雪	夜

诗句：_____

沐浴在古诗的春光里

诗词剧场

（小朋友上场，边跳边唱："春天在哪里呀？春天在哪里？春天在那青翠的山林里……"）

妈妈　（快步走上前，对着孩子喊）莹莹，慢点儿，慢点儿！啊，春风吹在脸上，真舒服啊！

莹莹　妈妈，我好喜欢春天啊！春天总是五彩缤纷，生机勃勃。我想知道古代的春天是怎样的？人们看到春天又是怎样的感受呢？

妈妈　我们可以循着古诗去看看古人眼中的春天呀！

莹莹　好呀！妈妈，您看，柳枝发出了嫩芽，绿绿的，多好看！

妈妈　莹莹呀，你知道古人是怎么写这柳枝的吗？

莹莹　妈妈，我知道——

咏　柳

碧玉妆成一树高，万条垂下绿丝绦。

不知细叶谁裁出，二月春风似剪刀。

妈妈　（高兴地笑了，竖起大拇指）真好！听，是什么声音？

莹莹　（侧耳倾听）是树上的小鸟在唱歌，它们啾啾地叫着，多开心呀！

莹莹　（迫不及待地）妈妈，妈妈，我又想到了一首诗：

春　晓

春眠不觉晓，处处闻啼鸟。

夜来风雨声，花落知多少。

妈妈　（点点头）莹莹真聪明！这是诗人眼中春天清晨的景象。这首诗不仅写了欢快的小鸟，还写了春雨呢。都说"春雨贵如油"，妈妈也想起了一首诗：

春夜喜雨（节选）

好雨知时节，当春乃发生。

随风潜入夜，润物细无声。

莹莹　（指着前面的草地）妈妈，看，那里有好多小花呀！黄的，紫的，白的……真好看！我又想起了一首诗：

春　日

胜日寻芳泗水滨，无边光景一时新。

等闲识得东风面，万紫千红总是春。

妈妈　（高兴地拉着莹莹的手）走，我们一起去看花儿！

（音乐响起：春天在哪里呀？春天在哪里？春天在那小朋友眼睛里。看见红的花呀，看见绿的草……）

实践活动

　　春夏秋冬，四季更替。在班级开展一次主题为"歌颂春天"或"走过四季"的诗词朗诵比赛，看谁积累的诗词最多！

歌颂春天

_____，_____。

_____，_____。

_____，_____。

_____，_____。

走过四季

_____，_____。

_____，_____。

_____，_____。

_____，_____。

童真童趣

第二单元

　　童年是一首歌，一首回味无穷的歌；童年是一首诗，一首婉转绝美的诗。千百年间，古诗词里也有很多纯真可爱的孩童：有学大人坐在河边钓鱼的稚子，有纵情歌唱、屏息捕蝉的牧童，还有快步追赶蝴蝶的儿童⋯⋯世代更替，不变的是童心；日思夜想，铭记的是回忆。

古朗月行（节选）

〔唐〕李 白

小 时 不 识 月，

呼 作 白 玉 盘。

又 疑 瑶 台 镜，

飞 在 青 云 端。

诗人名片

　　李白，字太白，号青莲居士，唐代伟大的浪漫主义诗人，被后人誉为"诗仙"，与杜甫并称为"李杜"。代表作品有《望庐山瀑布》《行路难》《蜀道难》《将进酒》《早发白帝城》等。

诗情画意

我坐在庭院中，抬头仰望夜空，想起了小时候的自己。那时的我并不认识月亮，看着天上洁白的又大又圆的月亮，很像白玉盘，就傻乎乎地把月亮称为"白玉盘"。我还怀疑月亮是天上神仙的大铜镜，高高地挂在云上呢！

朗诵密码

● "朗月行"是乐府古题。李白采用了这个题目，所以本诗题为"古朗月行"。所以我们读诗题时，要在"古"后停顿。

● 诗的后两行意思紧凑。朗诵第三行时，语调上扬；朗诵末行的"青云端"时，语气收起，缓缓吐出。

诗词互动

飞花令：请写出带"月"字的诗句。

（1）小时不识月，呼作白玉盘。

（2）床前明月光，疑是地上霜。

（3）_____，_____。

（4）_____，_____。

（5）_____，_____。

池　上

〔唐〕白居易

小　娃　撑　小　艇，

偷　采　白　莲　回。

不　解①藏　踪　迹②，

浮　萍③一　道　开。

注释：①解：知道，明白。　②踪迹：指小艇行驶过，划开浮萍的痕迹。
③浮萍：一年生草本植物，浮在水面，叶子扁平，椭圆形或倒卵形，叶子下面生须根，花白色。

诗人名片

　　白居易，字乐天，号香山居士，唐代诗人。他和元稹并称"元白"，和刘禹锡并称"刘白"。白居易的诗歌题材广泛，形式多样，语言平易通俗，有"诗魔"和"诗王"之称。代表作品有《长恨歌》《卖炭翁》《琵琶行》等。

诗情画意

　　一个夏日的午后，诗人漫步到白莲池边，只见池塘里的荷叶挨挨挤挤，像一把把绿色的大伞，朵朵洁白的荷花像仙子一般美丽动人。水面上布满了浮萍，翠绿可爱。咦？这儿怎么有一道水路痕迹呢？啊，原来是有个小娃娃撑着小艇，偷偷地来采白莲花。小艇驶过，水波荡漾，浮萍也开了，看来，这小娃娃还不知道怎么隐藏自己的踪迹呢！

朗诵密码

　　朗诵这首诗，语气要轻柔，语调要活泼，体现童年妙趣。小娃娃虽然是"偷采"，但是在诗人的眼中也是可爱的。读"偷采"一词，我们要读出诗人的喜爱之情。读到"一道开"时，我们要缓慢收尾，给人想象的空间。

诗词互动

　　飞花令：请写出带"一"字的诗句。

（1）不解藏踪迹，浮萍一道开。

（2）会当凌绝顶，一览众山小。

（3）＿＿＿＿＿＿＿，＿＿＿＿＿＿＿。

（4）＿＿＿＿＿＿＿，＿＿＿＿＿＿＿。

（5）＿＿＿＿＿＿＿，＿＿＿＿＿＿＿。

小儿垂钓

〔唐〕胡令能

蓬头稚子①学垂纶②，

侧坐莓③苔草映身。

路人借问遥招手，

怕得鱼惊不应④人。

注释：①蓬头稚子：指头发乱蓬蓬的小孩子。 ②垂纶（lún）：钓鱼。纶，钓鱼用的丝线。 ③莓（méi）：一种野草。 ④应（yìng）：回应，答应。

诗人名片

胡令能，唐代诗人。他的诗语言浅显而构思精巧，生活情趣很浓。代表作品有《小儿垂钓》《喜韩少府见访》《王昭君》等。

诗情画意

　　我在去探望乡下好友的路上，经过乡间的小河，看到流水潺潺，还有个头发乱蓬蓬的小孩子正在专心地学钓鱼。小孩子侧身坐在草丛旁的石头上，绿草遮掩着他的身体，只见他屏息凝神、目不转睛地盯着水面，沉浸在钓鱼的乐趣中。

　　这时，路边来了一位行人想问路，刚张嘴喊了一声，小孩子连忙冲他摆手，示意行人不要出声。原来是小孩子生怕把鱼儿吓跑了，不敢回应行人。

朗诵密码

● 朗诵这首诗，语气要轻松活泼。
● 读"遥招手"时，要边读边想象孩子对问路人招手的情景，语速要快一些。
● 读"不应人"时，声音要轻一些，不要吓跑水中的鱼儿哟。

诗词互动

飞花令：请写出带"子"字的诗句。

（1）慈母手中线，游子身上衣。

（2）蓬头稚子学垂纶，侧坐莓苔草映身。

（3）＿＿＿＿＿＿＿，＿＿＿＿＿＿＿。

（4）＿＿＿＿＿＿＿，＿＿＿＿＿＿＿。

（5）＿＿＿＿＿＿＿，＿＿＿＿＿＿＿。

所 见

〔清〕袁 枚

牧童骑黄牛，

歌声振林樾①。

意欲②捕鸣蝉，

忽然闭口立。

注释：①林樾（yuè）：树林。　②意欲：想要。

诗人名片

袁枚，字子才，号简斋，晚年自号仓山居士、随园主人、随园老人，清代诗人、散文家、美食家。袁枚倡导"性灵说"，主张诗文审美创作要写出诗人的个性，与赵翼、张问陶并称"性灵派三大家"。代表作品有《小仓山房文集》《随园诗话》《随园食单》《子不语》等。

诗情画意

盛夏的傍晚，绿树葱葱，蝉鸣唧唧。我在乡间小路上漫步，忽然听到一阵清脆嘹亮的歌声。放眼望去，原来是一个头戴草帽的牧童正骑在牛背上放声歌唱，那模样真是怡然自得、无忧无虑。

我正听得投入，没想到歌声戛然而止。牧童忽然紧闭嘴巴，站在一棵大树前。哦，原来他想捕捉树上那只也在歌唱的蝉呀！

朗诵密码

● 诗的前两行是动态描写：牧童骑在黄牛背上，悠然快活。朗诵时，要用轻松愉悦的语气，突出牧童可爱活泼的形象。

● 朗诵后两行时，语速要先慢后快，要把"闭口立"读得轻而短，给听者留下遐想的空间。

诗词互动

请从下面的九宫格中识别出一句诗。

忽	岂	口
红	闭	无
然	日	立

诗句：_____

宿新市徐公店二首·其一

〔宋〕杨万里

篱落①疏疏一径深，

树头新绿未成阴。

儿童急走②追黄蝶，

飞入菜花无处寻。

注释： ①篱落：篱笆。　②急走：奔跑。

诗人名片

杨万里，字廷秀，号诚斋，南宋诗人。他与陆游、尤袤、范成大并称为南宋"中兴四大诗人"。代表作品有《插秧歌》《竹枝词》《小池》《初入淮河四绝句》等。

诗情画意

一条幽深的小路旁，有一道稀疏的篱笆。篱笆旁还有几棵大树，嫩叶刚刚长出，春意盎然。孩子们奔跑着追逐只只黄蝴蝶，可蝴蝶飞到金黄的菜花丛中就再也找不到了。

朗诵密码

● 朗诵这首诗，我们要善于想象画面，联系生活，读出诗的意境。

● 读"急走"两个字时，语速要稍快，体现儿童活泼机灵的样子。

● 朗诵第四行，可突出"无处寻"，表现孩童们手足无措却又充满乐趣的样子。

诗词互动

请从下面的九宫格中识别出一句诗。

追	走	当	童
黄	花	儿	家
急	庄	开	蝶

诗句：_____

古诗中的童真童趣

诗词剧场

学生1 "童年"，多么美好的字眼啊！我们每个人都有童年。

学生2 是的，童年似一朵朵浪花，晶莹透亮；

学生1 童年像一颗颗珍珠，光彩夺目；

学生2 童年像黑夜中眨巴着眼睛的星星，明亮灿烂。

学生1 瞧，一个头戴斗笠、骑着黄牛、高声歌唱的可爱牧童正向
我们走来。

（扮骑牛状，朗诵）

所　见

牧童骑黄牛，歌声振林樾。

意欲捕鸣蝉，忽然闭口立。

学生2 嘘！真害怕牧童的歌声会吓跑正要上钩的小鱼儿啊！夏
天，很适合和大人一起寻一个小池塘，优哉游哉地钓鱼呢！

（作垂钓状，朗诵）

小儿垂钓

蓬头稚子学垂纶，侧坐莓苔草映身。

路人借问遥招手，怕得鱼惊不应人。

学生1 童年的游戏有很多呢！春天，阳光明媚，微风习习，正适
合去放风筝；夏天百花争艳，绿树成荫，可以去莲花池采

莲花；秋天天朗气清，天高云淡，夜晚可以抬头赏月；冬天冰天雪地，白雪皑皑，正适合玩冰。一年四季，乐趣无穷！

（欢快的音乐响起，一大群孩子上台，他们三三两两，或放风筝，或采莲花……）

村　居

草长莺飞二月天，拂堤杨柳醉春烟。

儿童散学归来早，忙趁东风放纸鸢。

池　上

小娃撑小艇，偷采白莲回。

不解藏踪迹，浮萍一道开。

古朗月行（节选）

小时不识月，呼作白玉盘。

又疑瑶台镜，飞在青云端。

稚子弄冰

稚子金盆脱晓冰，彩丝穿取当银铮。

敲成玉磬穿林响，忽作玻璃碎地声。

学生2　我们不仅会玩，还十分热爱劳动呢！

（台上学生一边作耕织状，一边齐诵）

四时田园杂兴六十首·其三十一

昼出耘田夜绩麻，村庄儿女各当家。

童孙未解供耕织，也傍桑阴学种瓜。

学生1　童年，它蕴含着童真、美好、幸福。

学生2　童年，它拥有金子般的童心，无穷的乐趣。

学生1　童年的记忆，是成长的诗篇！

学生2　草地上的嬉闹，操场角落里的悄悄话，一道道彩虹，一缕缕童真。

学生1　童年的美好时光，拨动我们心中的那根弦。

学生2　我们要用最美好的色彩，来渲染我们的童年。

学生1　让我们像古人一样谱写一首首纯真的诗篇，

学生2　在诗歌中追寻童年的诗意。

合　　　啊！金色的童年，金色的梦！

实践活动

你知道古诗中的孩童有哪些游戏项目吗？试着查阅资料，完成下表，让我们一起走进古诗去体会传统游戏的乐趣。

游戏名称	朝代	玩法	代表性诗句

传统佳节

第三单元

　　我国是一个历史悠久的国家，传统文化源远流长，那些蕴藏在传统节日里的民俗文化历久弥新。历代文人墨客，挥毫洒墨，为我国的传统节日谱写了许多千古名篇。元宵节的灯，清明节的风，七夕节的星，中秋节的月，重阳节的酒……让我们在经典古诗词中探寻中华优秀传统文化的宝藏。

青玉案·元夕①

〔宋〕辛弃疾

东风夜放花千树。更吹落、星如雨。宝马雕车香满路。凤箫②声动，玉壶③光转，一夜鱼龙舞。

蛾儿雪柳黄金缕④。笑语盈盈暗香去。众里寻他千百度。蓦然回首，那人却在，灯火阑珊处。

注释：①元夕：正月十五元宵节。 ②凤箫：箫的美称。 ③玉壶：比喻明月。 ④蛾儿雪柳黄金缕：古代妇女元宵节时头上佩戴的各种装饰品。这里指盛装的妇女。

词人名片

辛弃疾，字幼安，号稼轩，南宋豪放派词人，有"词中之龙"之称。他与苏轼同是豪放派代表，并称"苏辛"；与李清照（号易安居士）并称"济南二安"。代表作品有《永遇乐·京口北固亭怀古》《水龙吟·登建康赏心亭》《破阵子·为陈同甫赋壮词以寄之》《南乡子·登京口北固亭有怀》等。

诗情画意

　　元宵佳节，灯火如昼。随着一阵尖锐的声响，一股亮红的火光冲向夜空，瞬间迸发，无数朵银花四面飞散，像满天流星洒落下来，引发了人们的阵阵欢呼声。一辆辆豪华精美的马车载着美人，穿街而过，留下一缕缕芳香。悠扬的凤箫声四处回荡，玉壶般的明月光彩流转，渐渐西斜，舞鱼灯、舞龙灯表演不停，引发众人阵阵喝彩。我看着人流，想要找到与我心意相通的人，却苦寻不得，内心充满惆怅与失落。蓦然回首之时，我却看到她正站在灯火零落的地方。

朗诵密码

　　● 这首词描写了元宵佳节繁华热闹的景象，也流露出词人的彷徨和哀伤。
　　● 上阕写景，要读出元宵节热闹的气氛，突出"花千树""香满路"等词。
　　● 下阕写人，读"千百度"时，语调上扬，后转低沉；读"阑珊处"时，语速要慢，让人意犹未尽，回味无穷。

诗词互动

　　飞花令：请写出带"花"字的诗句。
　　（1）东风夜放花千树。更吹落、星如雨。
　　（2）宝剑锋从磨砺出，梅花香自苦寒来。
　　（3）＿＿＿＿＿＿＿＿，＿＿＿＿＿＿＿＿。

清明夜

〔唐〕白居易

好风胧月清明夜，

碧砌红轩刺史家。

独绕回廊行复歇，

遥听弦管暗看花。

 诗人名片

　　白居易，字乐天，号香山居士，唐代诗人。他和元稹并称"元白"，和刘禹锡并称"刘白"。白居易的诗歌题材广泛，形式多样，语言平易通俗，有"诗魔"和"诗王"之称。代表作品有《长恨歌》《卖炭翁》《琵琶行》等。

诗情画意

　　清明节的夜晚，微风习习，月夜朦胧。月光下，那用碧玉做成的栏杆、用红色的砖砌成的墙是刺史府的宅院。我独自在走廊里走走停停，听到远处的管弦声，又情不自禁地欣赏起眼前的花来。这里景色宜人，我的心情无比闲适。

朗诵密码

　　● 这首诗描绘了清明之夜明丽、舒适的景色，朗诵时，要读出诗人闲适、愉悦的心情。

　　● 一个"好"字，显示出诗人高兴的心情。"碧""红"二字色彩明丽，朗诵时要突出。

　　● "绕""听""看"是诗人的动作，朗诵时，要与后面的词语留有停顿的空间，表现出诗人在清明月夜下独享恬静的闲适心情。

诗词互动

　　请填入古诗词中的各种色彩。

　　（1）好风胧月清明夜，碧砌□轩刺史家。

　　（2）千里莺啼□映□，水村山郭酒旗风。

　　（3）遥望洞庭山水□，□银盘里一□螺。

　　（4）□日依山尽，□河入海流。

乞 巧①

〔唐〕林 杰

七夕今宵看碧霄②，

牵牛织女渡河桥。

家家乞巧望秋月，

穿尽红丝几万条。

注释：①乞巧：我国的传统节日，在农历七月初七，又名"七夕"。旧时风俗，妇女们于牛郎织女相会这夜对着月亮穿针引线，向织女学习纺织技巧。 ②碧霄：指广阔无垠的天空。

诗人名片

林杰，字智周，唐代诗人。幼而秀异，六岁赋诗，援笔立成，唐扶见而赏之。又精琴棋草隶，举神童，年十七卒。《全唐诗》存其诗《乞巧》和《王仙坛》两首。

◉ 诗情画意

一年一度的七夕节又到了，人们情不自禁地抬头仰望浩瀚的天空。这一天，牵牛星和织女星靠得最近，那肯定是牛郎和织女在鹊桥上相会呢!

深蓝色的天空中，月亮高高挂着。孩子们聚精会神地听着爷爷奶奶讲述牛郎织女的故事。一些女孩子正对着月亮穿针引线，希望天上的织女能赐予自己一双巧手，也能像织女一样织得一手好布。虔诚的女孩子们对着月亮，拿着红线穿来穿去。这些红线加起来肯定有几万条了。

朗诵密码

● 朗诵这首诗，语气要轻松。

● 首行中的"宵"和"霄"读音相同，朗诵时要突出"碧霄"一词。

● 读三、四行，要突出"望"字，表现人们抬头望月的虔诚。"秋月"皎洁明亮，朗诵时要把语速放慢，带给人们美好的遐想。

诗词互动

飞花令：请写出带"七"字的诗句。

（1）七夕今宵看碧霄，牵牛织女渡河桥。

（2）七月七日长生殿，夜半无人私语时。

（3）_____，_____。

（4）_____，_____。

水调歌头·明月几时有

〔宋〕苏 轼

丙辰中秋，欢饮达旦，大醉，作此篇，兼怀子由①。

明月几时有？把酒问青天。不知天上宫阙，今夕是何年。我欲乘风归去，又恐琼楼玉宇，高处不胜寒。起舞弄清影，何似在人间。

转朱阁②，低绮户③，照无眠。不应有恨，何事长向别时圆？人有悲欢离合，月有阴晴圆缺，此事古难全。但愿人长久，千里共婵娟④。

注释：①子由：苏轼的弟弟苏辙，字子由。 ②朱阁：朱红的华丽楼阁。③绮（qǐ）户：雕饰华丽的门窗。 ④婵娟：指月亮。

词人名片

苏轼，字子瞻，号东坡居士，世称"苏东坡"，北宋著名文学家、书法家、画家。他与辛弃疾同是豪放派代表，并称"苏辛"；与韩愈、柳宗元、欧阳修、苏洵、苏辙、王安石、曾巩合称"唐宋八大家"。代表作品有《题西林壁》《赠刘景文》《定风波·莫听穿林打叶声》等。

诗情画意

1076 年的中秋，皓月当空，苏轼与弟弟苏辙分别之后，已经七年没有团聚了。正逢中秋佳节，苏轼畅饮大醉，乘兴写下这首词，表达对弟弟的怀念之情。

像今天这样的月圆之夜，能有几回呢？我举起酒杯遥问苍天。不知在天上神秘的月宫里，今天又是什么日子？我想乘着风去天上看看，又担心玉石砌成的宫殿太高，我这凡夫俗子禁受不住寒冷。趁着酒兴，我在月光下恣意舞蹈，影子也随着舞动，哪像是在人间呢！

月儿转过朱红色的楼阁，低低地挂在雕花的门窗上，照着没有睡意的我。月儿不该对人有什么怨恨吧，为什么偏在人们不能团聚时圆呢？人生漫漫，悲欢离合实属平常；月亮也是阴晴圆缺自然变换。人们相聚、月亮圆满，这样的好事自古就难以两全。只希望这世上所有人的亲人都能长久幸福，即使相隔千里也能共赏一轮明月。

朗诵密码

● 这首词情感起伏变化明显。朗诵"明月几时有？把酒问青天"时，强调"问青天"。"不知天上宫阙，今夕是何年"是疑问语气，语调要上扬。再读后面的句子时，情感波动起来，语速适当加快。

● 朗诵"转朱阁，低绮户，照无眠"时，语速放缓。"但愿人长久，千里共婵娟"体现了诗人豁然开朗的心情，语气要激昂。

诗词互动

飞花令：请写出带"人"字的诗句。

（1）人有悲欢离合，月有阴晴圆缺，此事古难全。

（2）生当作人杰，死亦为鬼雄。

（3）＿＿＿＿＿＿＿，＿＿＿＿＿＿＿。

（4）＿＿＿＿＿＿＿，＿＿＿＿＿＿＿。

（5）＿＿＿＿＿＿＿，＿＿＿＿＿＿＿。

醉花阴·薄雾浓云愁永昼

〔宋〕李清照

薄雾浓云愁永昼，瑞脑①消金兽②。佳节又重阳，玉枕纱厨，半夜凉初透。

东篱把酒黄昏后，有暗香③盈袖。莫道不消魂④，帘卷西风，人比黄花瘦。

注释：①瑞脑：一种熏香名。又称龙脑，即冰片。　②消金兽：香炉里香料逐渐燃尽。金兽，兽形的铜香炉。　③暗香：这里指菊花的幽香。　④消魂：形容极度忧愁、悲伤。

词人名片

李清照，号易安居士，宋代女词人，婉约派代表，有"千古第一才女"之称。她与辛弃疾（字幼安）并称"济南二安"。李清照所作词，前期多写悠闲生活，后期悲叹身世，情调感伤。代表作品有《声声慢·寻寻觅觅》《一剪梅·红藕香残玉簟秋》《醉花阴·薄雾浓云愁永昼》等。

诗情画意

天空薄雾弥漫，浓云密布，这天气最使人感到愁闷。我独自看着香炉里瑞脑香的袅袅青烟出神，真是百无聊赖。又到重阳佳节了，睡到半夜，寒意透入帐中枕上，让人不禁感到一阵凄凉。

重阳又名菊花节，菊花开得极盛极美，我一边饮酒，一边赏菊，染得满身花香。回到闺房，瑟瑟西风把帘子掀起了，想到刚才把酒相对的菊花，菊枝瘦细，殊不知，帘内的人儿比那菊花更加消瘦。

朗诵密码

● 这首词表现了诗人愁苦的情绪，朗诵时，语调缓慢而低沉。

● "佳节又重阳"中要突出"又"字，体现诗人"每逢佳节倍思亲"的愁绪。"凉""瘦"也要突出，体现诗人的悲伤、忧愁。

诗词互动

飞花令：请写出带"黄"字的诗句。

（1）莫道不消魂，帘卷西风，人比黄花瘦。

（2）两个黄鹂鸣翠柳，一行白鹭上青天。

（3）_____，_____。

（4）_____，_____。

（5）_____，_____。

诗词剧场

我的中国节

主持人 1 中华传统文化源远流长，博大精深。

主持人 2 中华传统节日精彩纷呈，饱含深情。

主持人 1 历代的文人墨客用诗篇记载了这些悠久的传统节日。

主持人 2 这些诗词脍炙人口，广为流传，是我们宝贵的文化财产。

学生 1 过年啦！过年啦！小孩子最盼望过年了，你听，除夕的鞭炮声，噼里啪啦，噼里啪啦，给春节增添了喜庆！正月初一是春节，我来朗诵一首王安石的《元日》。

元 日

爆竹声中一岁除，春风送暖入屠苏。

千门万户曈曈日，总把新桃换旧符。

学生 2 过了春节是元宵节，元宵节灯火如昼。你看，娃娃们手提各式各样的灯笼，欢声笑语送新年！我来朗诵辛弃疾的《青玉案·元夕》。

青玉案·元夕

东风夜放花千树。更吹落、星如雨。宝马雕车香满路。

凤箫声动，玉壶光转，一夜鱼龙舞。

蛾儿雪柳黄金缕。笑语盈盈暗香去。众里寻他千百度

蓦然回首，那人却在，灯火阑珊处。

学生3 暮春时节，草长莺飞，柳絮随风飞舞。清明节前是寒食节，我要朗诵韩翃的《寒食》。

寒 食

春城无处不飞花，寒食东风御柳斜。

日暮汉宫传蜡烛，轻烟散入五侯家。

学生4 清明时节，柳絮纷飞，杏花盛开。人们扫墓踏青，以一壶美酒悼念先祖。我来朗诵千古名诗——杜牧的《清明》。

清 明

清明时节雨纷纷，路上行人欲断魂。

借问酒家何处有，牧童遥指杏花村。

学生5 七月七日看星空，最亮的当属牵牛星和织女星。银河清浅，喜鹊搭桥，家家户户满怀祝福仰望天空，对月穿线，情思弥漫。请容我来朗诵林杰的《乞巧》。

乞 巧

七夕今宵看碧霄，牵牛织女渡河桥。

家家乞巧望秋月，穿尽红丝几万条。

学生6 中秋月圆夜，思乡情更深。八月十五是中秋节，我们一起朗诵王建的《十五夜望月》。

十五夜望月

中庭地白树栖鸦，冷露无声湿桂花。

今夜月明人尽望，不知秋思在谁家。

学生7 古诗词不仅可以朗诵，还可以唱呢。请听一曲苏轼的《水调歌头·明月几时有》。

水调歌头·明月几时有

丙辰中秋，欢饮达旦，大醉，作此篇，兼怀子由。

明月几时有？把酒问青天。不知天上宫阙，今夕是何年。我欲乘风归去，又恐琼楼玉宇，高处不胜寒。起舞弄清影，何似在人间。

转朱阁，低绮户，照无眠。不应有恨，何事长向别时圆？人有悲欢离合，月有阴晴圆缺，此事古难全。但愿人长久，千里共婵娟。

学生8　"人生易老天难老，岁岁重阳。今又重阳，战地黄花分外香。"这是毛主席对重阳节的歌颂。菊花漫山遍野，人们扶老携幼，登高望远，心旷神怡。我要朗诵王维的《九月九日忆山东兄弟》。

九月九日忆山东兄弟

独在异乡为异客，每逢佳节倍思亲。

遥知兄弟登高处，遍插茱萸少一人。

主持人1　同学们的朗诵真是精彩万分，给我们带来了一场诗词盛宴。

主持人2　如今，我们的祖国日益繁荣，人民安居乐业，愿五千年文化瑰宝大放异彩。

合　朗诵中华经典，让优秀的民族精神在我们血脉中流淌。
朗诵中华经典，让璀璨的民族文化支撑我们人格的脊梁。

实践活动

1.你还知道我国有哪些传统节日？以小组为单位，收集与节日相关的诗词、传说、来历、习俗等，在班级汇报交流。

2.完成一个以我国传统节日为主题的绘画作品，要体现节日的特色元素。

3.你的家乡是怎么过传统节日的？选择一个你最喜欢的传统节日，写一写过节的过程吧。

依依惜别

第四单元

　　送别诗像阵阵春雨，滋润着我们的心灵；送别诗像一杯酒，芬芳醇香；送别诗像一首歌，余音绕梁；送别诗又像一道风景，生机盎然。现在，让我们走进那一场场情真意切的别离，感受古人真挚热烈的情谊。

送杜少府之任蜀州

〔唐〕王 勃

城阙①辅三秦，风烟②望五津。

与君离别意，同是宦游人。

海内存知己，天涯若比邻。

无为③在歧路④，儿女共沾巾。

注释：①城阙（què）：即城楼，指唐代京师长安城。 ②风烟：意为在风烟迷蒙之中。 ③无为：无须，不必。 ④歧（qí）路：岔路。古人送行常在大路分岔处告别。

诗人名片

王勃，字子安，唐代诗人，与杨炯、卢照邻、骆宾王并称为"初唐四杰"。王勃主张文学要以"立言见志"为本，注重文学的经世教化作用。代表作品有《送杜少府之任蜀州》《临高台》《采莲曲》《秋夜长》《滕王阁序》等。

诗情画意

　　雄伟的城墙护卫着壮丽的都城长安。从这里遥望你将要前往的四川，路途遥远，风烟迷蒙。你我心中充满离别的感伤，因为我们都是离乡做官的人。杜兄啊，不用难过，因为四海之内我们始终是知己，即使我们相隔天涯海角，也仍像近邻一般。所以，在即将分别的岔路口，我们就不要像其他人一样，因为离别悲伤而泪湿衣襟。

朗诵密码

　　● "海内存知己，天涯若比邻"已成千古名句。朗诵时，语调要上扬，情感要激荡起伏，展现开阔的胸怀。

　　● 这首诗是诗人在劝慰友人不要在离别之时悲哀。因此，读 "无为在歧路，儿女共沾巾" 时，要用劝慰的语气。

诗词互动

　　飞花令：请写出带 "天涯" 的诗句。

　　（1）海内存知己，<u>天涯</u>若比邻。

　　（2）同是<u>天涯</u>沦落人，相逢何必曾相识。

　　（3）_____，_____。

　　（4）_____，_____。

　　（5）_____，_____。

黄鹤楼①送孟浩然之广陵

〔唐〕李 白

故人②西辞黄鹤楼，

烟花三月下扬州。

孤帆远影碧空尽，

唯见长江天际③流。

注释：①黄鹤楼：传说三国时期的费祎（yī）于此登仙乘黄鹤而去，故称黄鹤楼。 ②故人：老朋友，这里指孟浩然。 ③天际：天边，天的尽头。

诗情画意

繁花盛开的三月，江面的水雾笼罩着岸边的花儿。老朋友啊，你马上就要顺江东下，去那美丽的扬州。而我却不能一同前往，只能孤零零地站在黄鹤楼上，看着你离开的身影。江面上，白帆点点，但我的眼里只有你乘坐的那条船。那船帆很快消失在天水交界的地方，只有长江水浩浩荡荡地向天边奔腾。

朗诵密码

● 这首诗写了诗人在黄鹤楼送别友人孟浩然的情景，全诗表现的是一种充满诗意的离别。

● 前两行要读得明快些，强调"烟花三月""扬州"，表现出诗人对友人去处的向往。

● 读"天际流"时，语速渐缓，把字音延长，表现出诗人送别友人时的依依惜别之情。

诗词互动

飞花令：请写出带"黄鹤楼"的诗句。

（1）故人西辞黄鹤楼，烟花三月下扬州。

（2）昔人已乘黄鹤去，此地空余黄鹤楼。

（3）＿＿＿＿＿＿＿＿，＿＿＿＿＿＿＿＿。

（4）＿＿＿＿＿＿＿＿，＿＿＿＿＿＿＿＿。

（5）＿＿＿＿＿＿＿＿，＿＿＿＿＿＿＿＿。

送友人

〔唐〕李 白

青山横北郭，白水绕东城。

此地一为别，孤蓬①万里征②。

浮云游子意③，落日故人情。

挥手自兹去，萧萧班马鸣。

注释： ①蓬：古书上说的一种植物，干枯后根株断开，遇风飞旋，也称"飞蓬"。诗人用"孤蓬"喻指远行的朋友。 ②征：远行。 ③浮云游子意：以浮云飘飞不定比喻游子四方漂游。浮云，飘动的云。游子，离家远游的人。

诗情画意

　　青翠的山峦横卧在城墙的北面，波光粼粼的流水环绕在城的东边。朋友，在此地道别之后，你就像孤蓬一样远行万里了。

　　天上的白云飘啊飘，就像游子一样到处游荡。夕阳不肯下山，就像我舍不得离开你。咱们挥手告别，从此各奔前程。两匹马似乎也感受到主人的心情，因不忍和同伴分开而萧萧长鸣。

朗诵密码

● 这是一首送别诗，朗诵时要饱含深情。诗人借"浮云"和"落日"来抒发朋友间的不舍之情，因此我们读"故人情"时，要放慢语速，想象诗人和友人在一起的情景。

● "挥手自兹去，萧萧班马鸣"，朗诵时，前半句语调上扬，后半句语调回落，从诗人的洒脱中窥见依依惜别之情。

诗词互动

飞花令：请写出带"萧萧"的诗句。

（1）挥手自兹去，<u>萧萧</u>班马鸣。

（2）<u>萧萧</u>梧叶送寒声，江上秋风动客情。

（3）_____，_____。

（4）_____，_____。

（5）_____，_____。

赠汪伦

〔唐〕李　白

李白乘舟将欲行，

忽闻岸上踏歌①声。

桃花潭水深千尺②，

不及汪伦送我情。

注释：①踏歌：唐代民间流行的一种手拉手、两足踏地打节拍的歌舞形式，可以边走边唱。　②深千尺：诗人用潭水深千尺比喻汪伦与他的友情之深厚，运用了夸张的手法。

诗情画意

在汪伦家里已经有些日子了，这天清晨，李白就要踏上归程。李白收拾好行囊，却发现汪伦不知去向，只好独自一人来到桃花潭岸边的小船上。就在这时，李白听见了歌声。究竟是谁在唱歌呢？他回头一看，竟是汪伦唱着送别的歌曲，慢慢地走过来。李白被深深感动了，他赶紧跳下船迎了上去，紧紧地握住了汪伦的双手。啊！即使桃花潭有千尺之深，也比不上汪伦对他的深情厚谊！

朗诵密码

● 这首诗表达了朋友间的深情厚谊。

● 前两行描写了汪伦踏歌送行的情景，读"忽闻"二字时语调上扬，语速稍快。

● 后两行把无形的情谊化为有形的千尺潭水。朗诵时，要强调"深千尺"，语速稍慢，突出友谊的深厚。

诗词互动

飞花令：请写出带"千"字的诗句。

（1）桃花潭水深千尺，不及汪伦送我情。

（2）窗含西岭千秋雪，门泊东吴万里船。

（3）＿＿＿＿＿＿＿＿，＿＿＿＿＿＿＿＿。

（4）＿＿＿＿＿＿＿＿，＿＿＿＿＿＿＿＿。

（5）＿＿＿＿＿＿＿＿，＿＿＿＿＿＿＿＿。

别董大①二首·其一

〔唐〕高 适

千里黄云②白日曛③，

北风吹雁雪纷纷。

莫愁前路无知己，

天下谁人不识君？

注释：①董大：名不详，当时有名的音乐家，在其兄弟中排名第一，故称"董大"。 ②黄云：天上的乌云。 ③白日曛（xūn）：太阳黯淡无光。曛，即曛黄，指夕阳西沉时的昏黄景色。

诗人名片

高适，字达夫，唐代著名边塞诗人，与岑参、王昌龄、王之涣合称"边塞四诗人"。高适的边塞诗雄浑悲壮，浑厚古朴，主旨深刻。代表作品有《燕歌行》《塞上》《塞下曲》等。

诗情画意

太阳就要下山了，天空中阴云密布，天地间开始变得昏暗。西北风一个劲儿地吹，大雪开始纷纷扬扬地飘落，一群大雁也排着整齐的队形向南飞走了。虽然你我就要分别，但是朋友啊，你不要害怕遇不到知己，天下谁不认识你啊?

朗诵密码

● 这首诗写别离，但意境却开阔宏大、雄壮豪迈。

● 前两行写了送别时晦暗寒冷的景色，朗诵时语调要低沉，强调"千里""北风"等词，表现出悲凉宏大的情景。

● 后两行激励朋友无惧前路，朗诵时语调要高昂，声音要响亮有力。

诗词互动

飞花令：请写出带"纷纷"的诗句。

（1）千里黄云白日曛，北风吹雁雪纷纷。

（2）清明时节雨纷纷，路上行人欲断魂。

（3）＿＿＿＿＿＿＿＿，＿＿＿＿＿＿＿＿。

（4）＿＿＿＿＿＿＿＿，＿＿＿＿＿＿＿＿。

（5）＿＿＿＿＿＿＿＿，＿＿＿＿＿＿＿＿。

诗词剧场　相见时难别亦难

主持人1　古诗形式多样，内容丰富。在中华五千年浩瀚的进程中，它就像一颗璀璨的明珠，熠熠生辉；又像一股升腾了千年的香气，在文学艺术的长廊上弥漫、缭绕。

主持人2　是的，特别是其中的送别诗，别有一番韵味。

主持人1　"人有悲欢离合，月有阴晴圆缺。"离别是人生中抹不去的经历，于是，便产生了送别诗。

主持人2　千百年来，这些送别诗如拂面的春风，让人心神荡漾；又似千年的老歌，滋润着我们的心灵。

第一幕

（两位同学分别扮演王维、元二。他们来到店中，落座，举杯，一杯复一杯……）

王维　元兄，这次前往西域，路途遥远，一路多加保重啊！

元二　多谢王兄牵挂。

王维　趁着清新的朝雨和青青的柳色，来，我们再干了这一杯。

元二　不能再喝了，王兄，再喝下去，我该误了行程了。

王维　（起身，紧紧抓住元二的手）此地一别，不知何时能再相见。等你出了阳关，恐再难见到老朋友了。

元二　　　（起身，端起酒杯）王兄，不必说了。来，我们一起干了
　　　　　这杯酒。

集体　　　（齐诵）

送元二使安西

渭城朝雨浥轻尘，客舍青青柳色新。

劝君更尽一杯酒，西出阳关无故人。

主持人2　酒逢知己千杯少，终究还有别离时。喝完了酒，千叮咛，
　　　　　万嘱咐，还是难以表达心中的留恋。

第二幕

（两位同学分别扮演高适、董大。冬日里，雪花纷纷扬扬
地飘落着，高适与董大下马分别……）

高适　　　送君千里，终有一别。董兄，一路顺风。

董大　　　谢谢高兄相送。此去一别，不知还能不能遇到高兄这样的
　　　　　知己啊。

高适　　　董兄，不要难过。这天下之大，您的琴艺如此高超，何愁
　　　　　遇不到知音呢？

董大　　　谢谢高兄宽慰，后会有期！

集体　　　（齐诵）

别董大二首·其一

千里黄云白日曛，北风吹雁雪纷纷。

莫愁前路无知己，天下谁人不识君？

送友人

青山横北郭，白水绕东城。此地一为别，孤蓬万里征。

浮云游子意，落日故人情。挥手自兹去，萧萧班马鸣。

主持人1　送君千里终须别，但愿情谊永相存。

第三幕

（两位同学分别扮演李白、汪伦。江边，桃花树下，李白正欲上船，忽然闻听汪伦一众踏歌之声……）

汪伦　（唱）李白（那个）乘舟将欲行（哟），忽闻岸上踏（呀么踏）歌声。

女生　（齐唱）桃花潭水深千尺（呀），不及汪伦（呀）送我情。

男生　（齐唱）李白（那个）乘舟将欲行（哟），忽闻岸上踏（呀么踏）歌声。桃花潭水深千尺（呀），不及汪伦（呀）送我情。

李白　（高声吟诵）桃花潭水深千尺，不及汪伦送我情。

第四幕

（两位同学分别扮演李白、孟浩然。长江边，黄鹤楼上，李白送别孟浩然……）

李白　（举起酒杯）孟夫子，您的人品令人敬仰，您的诗篇誉满天下。我自从认识了您，就一直对您钦佩不已！今天，您就要顺江东下，前往扬州，不知我们何日能再相见，就请您满饮此杯吧！

孟浩然 （接过酒杯，一饮而尽）哈哈，王勃说得好："海内存知己，天涯若比邻。"虽然我们暂时分别了，但是我们的友谊就像这长江之水永世不绝。告辞！

主持人2 船儿越走越远，渐渐消失了。李白依旧伫立在黄鹤楼上，目送小船渐行渐远……

李白 （深情告白）船儿呀，请慢点开，让我再看一看我的老朋友吧。

集体 （齐诵）

黄鹤楼送孟浩然之广陵

故人西辞黄鹤楼，烟花三月下扬州。

孤帆远影碧空尽，唯见长江天际流。

主持人2 船儿越走越远，渐渐消失了。

李白 可我还是依依不舍地站在黄鹤楼上，久久不忍离去。

船儿呀，请慢点开，让我再看一看我的老朋友。

主持人1 相见时难别亦难，

主持人2 声声口中吐深情。

主持人1 山水总相逢，

主持人2 来日皆可期。

主持人 （齐声）今天，我们敞开心扉，释放心中的别情。

集体 （齐声）明天，我们斗志昂扬，谱写崭新的篇章！

实践活动

1.生活中,你有没有和家人、朋友离别的经历?你能否运用送别诗句,向即将离别的家人、朋友说一些话呢?

2.在班级里策划一次毕业留言活动,每个人都要为老师或同学写下毕业赠言,看谁的毕业赠言最有诗意。

以诗送别

在什么情境下?	送给谁?	选择的诗句
毕业典礼	同学	莫愁前路无知已,天下谁人不识君?

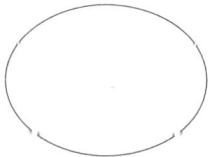

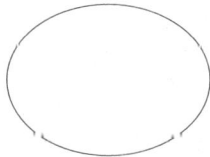

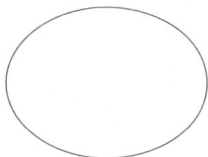

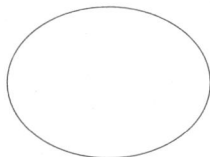

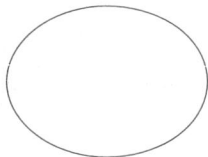

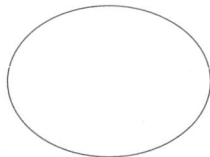

烽火边塞

第五单元

　　边塞，不仅是征战的沙场，还是诗意的原野。诗人们来到大漠戈壁，看到的是边关冷月，想起的是龙城飞将，吟诵的是万里长城，怀抱的是家国情怀。让我们一起来感受那流传千古的家国情怀，传唱那一篇篇激荡人心的边塞诗篇。

凉州词二首·其一

〔唐〕王之涣

黄河远上白云间，

一片孤城万仞①山。

羌笛②何须怨杨柳，

春风不度③玉门关。

注释：①仞：古代长度单位，一仞相当于七尺或八尺。 ②羌笛：羌族乐器，属横吹式管乐。 ③不度：吹不到。

诗人名片

王之涣，字季凌，唐代诗人。他善于写五言诗，以善于描写边塞风光著称。代表作品有《登鹳雀楼》《凉州词二首》等。

诗情画意

　　弯弯的黄河在辽阔的边塞上流淌，直飞入白云顶端。再往眼前一瞧，孤零零的玉门关耸立在群山之中。黄河在自由奔腾，而玉门关里的自己却被群山围困，我的眼里不禁蒙上了一层忧伤。此时，悠扬的羌笛声响起，我听着却更加哀伤了。何必用羌笛吹奏这么哀怨的折柳曲呢？春风是不会度过玉门关来到这儿的呀！

朗诵密码

● 这首诗写的是戍边将士的怀乡之情，苍凉慷慨。
● 诗的前两行描绘了边塞壮阔的风光。朗诵时，语速稍慢，突出"黄河""孤城""万仞山"，表现祖国山川的雄伟气势。
● 后两行抒发了战士们的思乡之愁。朗诵时，突出"何须""不度"，表现出诗人豁达宽广的胸怀。

诗词互动

　　飞花令：请写出带"玉门关"的诗句。
（1）羌笛何须怨杨柳，春风不度玉门关。
（2）青海长云暗雪山，孤城遥望玉门关。
（3）＿＿＿＿＿＿，＿＿＿＿＿＿。
（4）＿＿＿＿＿＿，＿＿＿＿＿＿。

使至塞上①

〔唐〕王 维

单车欲问边②，属国过居延。

征蓬③出汉塞，归雁入胡天。

大漠孤烟直，长河落日圆。

萧关逢候骑④，都护⑤在燕然。

注释：①使至塞上：奉命出使边塞。使，出使。 ②问边：到边塞去察看，指慰问守卫边疆的官兵。 ③征蓬：随风飘飞的蓬草，此处为诗人自喻。 ④候骑：负责侦察、巡逻的骑兵。 ⑤都护：这里指前线统帅。

诗人名片

王维，字摩诘，号摩诘居士，唐代著名诗人、画家。他多咏山水田园，有"诗佛"之称，与孟浩然合称"王孟"。代表作品有《送元二使安西》《相思》《山居秋暝》等。

诗情画意

　　我此去边疆慰问将士，轻车简从，路上十分孤独。暮春时节，我路过居延这个环境恶劣的地方。这里到处是随风乱舞的干枯的蓬草，看着这景象，我感觉自己仿佛也变成了一棵蓬草，远离了生长的土地。抬头一看，大雁飞向北方去寻找归宿了。夕阳西下，暮色降临，我眺望着笔直的狼烟冉冉升起，俯瞰着滔滔的黄河水滚滚东流，似乎看到了战场上士兵们奋勇杀敌的壮烈场面。我到了边塞，却没有遇到将官。这时，一个侦察骑兵正巧路过萧关，询问后得知将士们正跟随都护在燕然前线齐心协力作战。我深受鼓舞，加快了赶路的脚步。

朗诵密码

● 这首诗描绘了诗人出使边塞的艰苦情况。

● 前三句要读得低沉悲壮，读"大漠孤烟直，长河落日圆"时，可拉长字音，突出"直"和"圆"。

● 最后一句流露出诗人对都护的赞叹。朗诵时，要提高语调，读出赞叹之情。

诗词互动

　　飞花令：请写出带"落日"的诗句。
　　（1）大漠孤烟直，长河落日圆。
　　（2）＿＿＿＿＿＿＿＿，＿＿＿＿＿＿＿。

雁门太守行

〔唐〕李 贺

黑云压城城欲摧，甲光①向日金鳞开。

角声满天秋色里，塞上燕脂凝夜紫②。

半卷红旗临易水，霜重鼓寒声不起。

报君黄金台③上意，提携玉龙为君死。

注释： ①甲光：铠甲迎着太阳闪出的光。 ②"塞上"句：长城附近多紫色泥土，所以叫作"紫塞"。燕脂，即胭脂，深红色。这里是指在夕阳掩映下，塞土如胭脂凝成，紫色更显浓艳。一说"燕脂""夜紫"皆形容战场血迹，此句意为边塞上将士的血迹在寒夜中凝为紫色。 ③黄金台：故址在今河北省易县东南，相传为战国燕昭王所筑。

诗人名片

李贺，字长吉，唐代中期浪漫主义诗人。他所写的诗大多是感叹生不逢时和倾诉内心苦闷，抒发对理想、抱负的追求。他的诗作想象极为丰富，经常应用神话传说来托古寓今，所以后人常称他为"鬼才""诗鬼"，称其创作的诗文为"鬼仙之辞"。

诗情画意

　　天空中乌云滚滚，黑漆漆的云团沉沉地压向大唐的守城，城池简直要被摧垮了。敌军的马蹄声也步步紧逼，如这黑云一般袭来。但守城的士兵们毫不惧怕，他们热血沸腾，队形整齐。铠甲被透过云缝的日光照耀着，如同片片金色的鱼鳞逐渐打开。一场厮杀过后，那些红如胭脂的鲜血流淌着，浸染到土地里，在夜色中凝结成了紫色。驰援守城的士兵们继续前进，过了这眼前的易水河，就是敌军的阵营了。大家将红色的军旗半卷紧握着，准备蹚过易水河。但这冰冷的河水，却阻碍了前进的脚步。而战鼓上也凝结了一层厚厚的霜，无论怎样敲击，声音都高亢不起来。在军队临行之际，君王搭建高台，鼓舞士气。如今，报答君恩的时刻到了，就让大家一起奋勇杀敌、为国效力吧！

朗诵密码

　　● 这首诗用浓艳斑驳的色彩描绘了悲壮惨烈的战斗场面，全诗意境苍凉，震撼人心。

　　● 第一句渲染了敌军兵临城下的紧张气氛和危急形势，朗诵时强调"压""摧"二字。

　　● 第二句从听觉和视觉两方面描写战场，朗诵时，语速要慢，突出"角声满天""凝夜紫"，表现悲壮的气氛和战斗的残酷。

　　● 后两句表现了将士们报效朝廷的决心，朗诵时语调先低后高，语速稍快。

月夜忆舍弟①

〔唐〕杜 甫

戍鼓②断人行③，边秋一雁声。

露从今夜白，月是故乡明。

有弟皆分散，无家问死生。

寄书长不达，况乃未休兵④。

注释：①舍弟：对自己的弟弟的谦称。 ②戍鼓：指戍楼上报更的鼓声。自黄昏至拂晓，分为五个时段，称为五更。一般鼓报三更，便不准路有行人。 ③断人行：指鼓声响起后，就开始宵禁。 ④休兵：停止战争。

诗人名片

杜甫，字子美，自号少陵野老，唐代伟大的现实主义诗人，与李白合称"李杜"。杜甫一生著诗颇丰，其中很多首诗是传颂千古的名篇。杜甫流传下来的诗篇在唐诗里是最多最广泛的，对后世影响深远，有"诗圣"之美誉。

诗情画意

戍楼传来更鼓之声，四周杳无人迹，在秋天边塞的上空，一声雁鸣响起。适逢白露节气，家园的秋露今夜该清凉洁白了；而高悬的月亮，也是故乡的最为明亮。我和几个弟弟在战乱中分散了，我也无家可归，无法探问亲人的生死消息。家信本来就常常寄不到，更何况还在兵祸未息之时呢。

朗诵密码

● 这首诗描写了诗人在战祸之中亲人分散、不知生死的经历，抒发了亲人离散的悲苦与思念之情，朗诵时语气沉郁而悲切。

● "露从今夜白，月是故乡明"道出了人们思乡念亲时的特殊感受，遂成为千古名句。朗诵时，突出"白""月"二字。

● 朗诵"长不达"时，可以拖长声音，表示时间之漫长；"未休兵"要读出无限感慨与悲伤。

诗词互动

飞花令：请写出带"夜"字的诗句。

（1）露从今<u>夜</u>白，月是故乡明。

（2）<u>夜</u>来风雨声，花落知多少。

（3）_____，_____。

（4）_____，_____。

白雪歌送武判官归京（节选）

〔唐〕岑 参

北风卷地白草折，

胡天八月即飞雪。

忽如一夜春风来，

千树万树梨花开。

诗人名片

岑参，唐代诗人，与高适并称"高岑"。其诗以慷慨报国的英雄气概和不畏艰苦的乐观精神为基本特征。

诗情画意

北风席卷大地，冬草纷纷折断。塞北的天空，八月就飞起了大雪，好像一夜春风吹来，千万朵梨花一齐怒放。

朗诵密码

● 这首诗一开始便写塞外飞雪的奇景。朗诵时，要想象边塞寥廓、大雪漫天之景，语气宜大开大合。

● 用"千树万树梨花开"来比喻飞雪，不但形象地描绘出雪景的壮美，而且让人不觉边塞寒冷，反觉春意浓浓，极富浪漫色彩。朗诵时，语气充满惊叹，抒发乐观情怀。

诗词互动

飞花令：请写出带"梨花"的诗句。

（1）忽如一夜春风来，千树万树梨花开。

（2）寂寞空庭春欲晚，梨花满地不开门。

（3）＿＿＿＿＿＿＿＿，＿＿＿＿＿＿＿＿。

（4）＿＿＿＿＿＿＿＿，＿＿＿＿＿＿＿＿。

（5）＿＿＿＿＿＿＿＿，＿＿＿＿＿＿＿＿。

诗词剧场

边塞颂歌

甲　打开诗文，就打开了中国浩如烟海的文学宝库。

乙　走进诗文，就走进了神州灿若星河的诗歌园地。

甲　我们撷取诗文中一朵晶莹的浪花，感受"男儿何不带吴钩，收取关山五十州"的豪情壮志。

乙　我们捡拾诗文中一枚亮丽的贝壳，控诉"凭君莫话封侯事，一将功成万骨枯"的残酷和无情。

合　我们一起咏唱边关将士的千古颂歌！

（背景呈现大漠黄沙、角楼明月之景，激昂的音乐响起）

甲　看，明月皎皎，照亮大漠边关。

乙　看，马蹄声声，奏响戍途号角。

合　我们纵情高唱，表达边关将士的铮铮誓言。

（齐诵王昌龄《出塞二首·其一》）

秦时明月汉时关，万里长征人未还。

但使龙城飞将在，不教胡马度阴山。

（齐诵王昌龄《从军行》）

青海长云暗雪山，孤城遥望玉门关。

黄沙百战穿金甲，不破楼兰终不还。

（激烈的琵琶声响起）

甲　听，声声的琵琶催促着将士的脚步。

乙　听，战马的嘶鸣传递着征人的艰辛。

合　我们激昂吟诵，抒发边关将士的满怀豪情。

（齐诵卢纶《塞下曲》）

月黑雁飞高，单于夜遁逃。

欲将轻骑逐，大雪满弓刀。

（齐诵王翰《凉州词二首·其一》）

葡萄美酒夜光杯，欲饮琵琶马上催。

醉卧沙场君莫笑，古来征战几人回？

（齐诵李贺《雁门太守行》）

黑云压城城欲摧，甲光向日金鳞开。

角声满天秋色里，塞上燕脂凝夜紫。

半卷红旗临易水，霜重鼓寒声不起。

报君黄金台上意，提携玉龙为君死。

甲　黄河滚滚，奔腾不息。

乙　羌管悠悠，戍卒离怨。

（幽怨的音乐响起）

甲　回乐峰下，受降城外，在幽怨的笛声中体悟戍边将士的思乡愁
　　情。

（男生齐诵李益《夜上受降城闻笛》）

回乐峰前沙似雪，受降城外月如霜。

不知何处吹芦管，一夜征人尽望乡。

乙　凄冷的月色，犹如秋霜望而生寒；幽怨的芦笛，唤起征人一夜

难眠。

（女生齐诵李颀《古从军行》）

白日登山望烽火，黄昏饮马傍交河。

行人刁斗风沙暗，公主琵琶幽怨多。

野云万里无城郭，雨雪纷纷连大漠。

胡雁哀鸣夜夜飞，胡儿眼泪双双落。

闻道玉门犹被遮，应将性命逐轻车。

年年战骨埋荒外，空见蒲桃入汉家。

（齐诵王之涣《凉州词二首·其一》）

黄河远上白云间，一片孤城万仞山。

羌笛何须怨杨柳，春风不度玉门关。

甲　飞蓬出塞，北归大雁翔云天。

乙　黄河落日，征战将士勒石还。

甲　君不见，浩浩大漠，战旗猎猎。

乙　君不见，飒飒北风，铁衣铮铮。

（雄壮的音乐再次响起）

合　但为百姓安与宁，此生无怨更无悔！

实践活动

　　去边塞从军报国，是流淌在古代诗人血脉中的一种"基因"。开展一次边塞诗词舞台剧表演活动，演绎古代边塞诗人们的家国情怀。

读书不倦

第六单元

多读书，乐读书，会读书，读好书。读书，世界就在眼前；不读书，眼前就是世界。愿书声琅琅，生活处处溢满书香。

长歌行

汉乐府①

青青园中葵，朝露待日晞。

阳春布德泽，万物生光辉。

常恐秋节至，焜黄华叶衰。

百川东到海，何时复西归？

少壮不努力，老大徒伤悲！

注释：①汉乐府：乐府初设于秦，是专门管理乐舞演唱教习的机构。在汉代，主要负责采集民间歌谣或文人的诗来配乐，以备国家祭祀或宴会时演奏。后世称其搜集的诗歌为"乐府诗"。

诗情画意

那青青的园子里，郁郁葱葱的葵菜已经成熟了。清晨，它们身上披着一颗颗晶莹剔透的小露珠，等待着阳光的照耀。温暖的春天把阳光雨露都奉献给了大地，世间的万物有了生机和活力，一切都是那么美好。可是当时间慢慢流逝时，人们又常常担心秋天的到来会使那些美丽的花草枯黄衰败。时间就像这滔滔江水，一路奔涌向东，最后在大海汇聚，它们怎么可能会往回流淌呢？人生也是这样，在年少的时候如果不努力向上，等到年老时，除了白白地伤心后悔，又能做些什么呢？

朗诵密码

● 第一、二句写春天灿烂的美景，朗诵时语气明朗，积极向上。

● 第三句笔锋一转，描写"常恐"一切衰败、青春不再的心理，朗诵时语调低沉，语速缓慢，读出忧虑之情。

● 读第四句时，语调上扬，读出反问之势。

● 读最后一句时，语速要慢，读出劝诫之感。

诗词互动

飞花令：请写出带方位词的诗句。

（1）百川东到海，何时复西归？

（2）＿＿＿＿＿＿＿＿，＿＿＿＿＿＿＿。

杂诗十二首·其一（节选）

〔东晋〕陶渊明

盛年不重来，

一日难再晨。

及时当勉励，

岁月不待人。

 诗人名片

　　陶渊明，名潜，字元亮，别号五柳先生，诗人、辞赋家、散文家。他是中国第一位田园诗人，被誉为"隐逸诗人之宗""田园诗派之鼻祖"。代表作品有《饮酒》《桃花源记》《归去来兮辞》《五柳先生传》等。

诗情画意

　　夕阳西下，院子里，落日的余晖洒在一位白发苍苍的老者身上。他在感叹，如果自己在壮年的时候再努力一点，今日或许已经实现了一生的理想。可如今，美好的青春岁月一旦过去便不会再来，就如同现在太阳已经落山，不会再回到今晨。所以，我们要珍惜时间，从一开始就抓住它，勤勤勉勉地度过生命里的每一分、每一秒，时间也定不会辜负我们。时间不会等待一个懒惰的人，我们要紧随时间的脚步，做一个与时间赛跑的少年！

朗诵密码

　　● 这首诗旨在劝勉人们珍惜时光，勤勉努力。

　　● 前两行讲时间一去不复返，朗诵时突出"不"和"难"，表达出无奈、遗憾的心情。

　　● 读第三行时，语调要高亢扬起，好像整个人重新奋发起来。

　　● 读最后一行时，语气要稍缓，循循善诱，语重心长地劝别人珍惜时间。

诗词互动

　　飞花令：请写出带"岁月"的诗句。

　　（1）及时当勉励，岁月不待人。

　　（2）＿＿＿＿＿＿＿＿＿，＿＿＿＿＿＿＿＿＿。

劝　学

〔唐〕颜真卿

三更灯火五更①鸡，

正是男儿读书时。

黑发不知勤学早，

白首方悔读书迟。

注释：①更（gēng）：古时候夜间计算时间的单位，一夜分为五更，每更为两小时。夜里 11 点到凌晨 1 点为三更，凌晨 3 点到 5 点为五更。

诗人名片

颜真卿，字清臣，别号应方，唐代名臣、书法家。颜真卿书法精妙，擅长行、楷，创"颜体"。他与赵孟頫、柳公权、欧阳询并称为"楷书四大家"；又与柳公权并称"颜柳"，被称为"颜筋柳骨"。

诗情画意

又是一个静谧的夜晚，远处的村子里一户人家的灯还亮着，灯火在窗户上摇曳生姿，一个男孩正专注地坐在桌前苦读，他觉得这是最好的读书时光。清晨，公鸡开始打鸣，村子里的人陆陆续续地起来开始耕作，男孩又早早地起来坐在桌前，开始勤奋读书。一位白发老者看见了，摸摸胡子点头说："很多人在少年的时候，都不知道要勤奋读书，到了像我这般年纪，头发白了，再后悔年少的时候没有好好读书，一切就都晚了。"朝阳升起，少年琅琅的读书声在村中回荡。

朗诵密码

● 这首诗旨在劝勉青少年要珍惜少壮年华，勤奋学习，有所作为，否则到老一事无成，后悔已晚。

● 前两行描写学习环境，表达少年读书的勤奋。"三更灯火""五更鸡"都是非常安静的时间段，读起来语气要轻，语速要慢。

●后两行劝勉别人要惜时，朗诵时，语速要稍慢，突出"黑发""白首""早""迟"。

冬夜读书示子聿①八首·其三

〔宋〕陆　游

古人学问无遗力，

少壮工夫老始成。

纸上得来终觉浅，

绝知此事要躬行②。

注释：①子聿：指陆游的小儿子。　②躬行：亲身实践。

诗人名片

陆游，字务观，号放翁，南宋文学家、史学家、爱国诗人。其诗语言平易晓畅、章法整饬谨严，兼具李白的雄奇奔放与杜甫的沉郁悲凉。有《剑南诗稿》八十五卷，收录诗词九千三百四十四首。

诗情画意

　　寒冷的冬夜，刺骨的北风呼呼地吹着。书房里点着油灯，灯光下，父亲和儿子正在专注地读书。儿子问父亲："如何读书才能有所成就？"

　　父亲慢慢放下书，坐到儿子身边，说："孩子，古人读书做学问都会竭尽全力，年少时努力读书，往往到老时才能有所成就，可见读书不仅要勤奋，还要坚持啊。"

　　"是的，父亲，勤奋与坚持缺一不可。"

　　父亲慈爱地看着儿子，他点点头，摸着胡须继续说："我们从书本上学到的知识，往往是不够的。如果你想要更深入地研究，获得更深刻的知识，就必须要亲自去实践检验，这样才能成为真正有学问的人。"儿子若有所思地点点头。

朗诵密码

　　● 全诗如同一位父亲对儿子的谆谆教导，我们要读出父亲的殷殷教诲之意。

　　● 读前两行时，语速要缓慢，声音要深沉有力。

　　● 后两行描写父亲继续教导儿子，读书不仅要勤奋，还要亲自实践，殷殷希望之状跃然纸上。朗诵时，要用叮咛的语气，突出"要躬行"。

读 书

〔宋〕陆九渊

读书切戒在慌忙①，

涵泳②工夫兴味长。

未晓不妨权放过，

切身须要急思量。

注释：①慌忙：这里指匆匆忙忙、急于求成。　②涵泳：边吟诵边思考，慢慢琢磨消化。

诗人名片

陆九渊，字子静，南宋哲学家、教育家，陆王心学的代表人物。因在象山书院讲学，被称为"象山先生"。与朱熹齐名，人称"朱陆"。著有《象山先生全集》，近经整理为《陆九渊集》。

诗情画意

盛夏时刻，骄阳似火，知了在枝头急躁地叫着。学堂里一个学子正慌忙地读书，只见他一会儿拿着这本书翻几页，一会儿抽出另外一本书急匆匆地翻开。这时先生走到他的桌前，意味深长地说："读书最忌讳的就是像你这样马虎匆忙、急于求成。你只有潜下心来慢慢体会，才会感到书里兴味无穷。"

"那遇到不理解的地方，我该怎么办呢？"学子疑惑地问。

"你可以暂且放过，但是当你有了切身体会的时候就要立即结合所学，认真思考探索。"先生回答。

学子听了，高兴地点了点头。

朗诵密码

● 朗诵这首诗时，我们可以想象自己是一位老师，在教导学生读书的方法，语气是和蔼又充满期待的。

● 读前两行时，要突出"切戒""慌忙""涵泳"，语速要放缓。

● 读后两行时，要突出"未晓""权放过""切身""急思量"，读出抑扬顿挫之感。

诗词剧场 | 相声《古人劝读书》

甲 大家好！今天，我们要给大家表演一个相声。

乙 是的，相声名叫《古人劝读书》。

甲 不错，我听说你不太爱学习，所以今天特地借古代圣贤的名言来劝劝你。

乙 谁不爱学习了？咱不是说好了咱俩劝的是其他不爱学习的同学吗？

甲 好吧。甭说劝谁了，所有不爱学习的小伙伴都来听听，当然爱学习的小伙伴更要来听听了。

乙 为啥要借用古人的话来劝呢？

甲 中国传统文化源远流长，都是古人智慧的结晶。我们传承借用古人的话便是站在巨人的肩膀上，这些话就是至理名言啊！

乙 有道理，那我们开始吧。我的一个同学，每天早上家长都叫他起床读书，他却总是赖在床上说太早，你说怎么办？

甲 你就跟他说，早在唐朝，大书法家颜真卿就告诉我们："三更灯火五更鸡，正是男儿读书时。黑发不知勤学早，白首方悔读书迟。"不要再赖床了，赶紧起床，鸡早就打鸣了。

乙 我的一个亲戚总在我妈面前说，孩子上小学时就应该快乐地玩要，到了初中再好好学习也不迟。我们该怎么跟他说呢？

甲　这你就要用更早的汉乐府回答他："青青园中葵，朝露待日晞。阳春布德泽，万物生光辉。常恐秋节至，焜黄华叶衰。百川东到海，何时复西归？少壮不努力，老大徒伤悲。"让他明白努力学习要趁早。

乙　那我有个表哥总是沉迷于玩电子游戏，一打游戏就是一整天，姑姑一说他，他就说自己还年轻呢，要先玩玩。一家人都愁啊！

甲　朱熹说过："少年易老学难成，一寸光阴不可轻。未觉池塘春草梦，阶前梧叶已秋声。"年轻易老啊，还是应该珍惜光阴，赶紧努力。

乙　是的，前几天我爸就在家唠叨，说他后悔自己高中时没有好好努力，现在也回不去了，还念了一首诗。

甲　叔叔念的是不是陶渊明的"盛年不重来，一日难再晨。及时当勉励，岁月不待人"？叔叔这是用切身的经历告诫你呢，用心良苦啊！

乙　就是这个，你还真不赖。我爸有时候也是纸上谈兵，例如我和爷爷下象棋时，他就在旁边说许多理论，我让他跟爷爷下棋，他却总找理由拒绝。

甲　那你就得用陆游的诗了："古人学问无遗力，少壮工夫老始成。纸上得来终觉浅，绝知此事要躬行。"你得告诉叔叔，让他实践给你看。

乙　对，下次我就这么说。

甲　不过这首诗可是陆游告诫他儿子的诗，你确定要用它来劝你爸？

乙　那怎么了？我爱我爸，但我更爱陆游，不，是更爱真理。

甲　那倒也是，咱别在这儿说了，赶紧读书去吧。你看，人们说："一年之计在于春，一日之计在于晨。"这春天和早晨都稍纵即逝了。

乙　这真应了那首诗："读书不觉已春深，一寸光阴一寸金。不是道人来引笑，周情孔思正追寻。"

甲　不错呀，你都学会了，孺子可教啊！

乙　那当然，近朱者赤，近墨者黑。咱们赶紧去读书吧，今天我要把我新买的那本书读完。

甲　且慢，你得明白一个道理："读书切戒在慌忙，涵泳工夫兴味长。未晓不妨权放过，切身须要急思量。"

乙　你懂的道理可真多！这回我学到了不少知识，明白以后怎么用古代圣贤的话去劝我的那些亲戚读书了。看来咱们真要多读书啊，看你连劝人都那么有文化。

甲　说得对，我们确实应该——

合　多读书，读书好，读好书！

实践活动

　　以小组为单位，在班级开展"诗词大会"活动。具体比赛形式可以是"你演我猜（诗句）""看图说诗""九宫格""巧辨诗字""填诗句""飞花令""超级飞花令"等。

赤胆忠心

第七单元

苟利国家生死以，岂因祸福避趋之；人生自古谁无死，留取丹心照汗青……敬你，不止一句"我爱你"；重你，不止一声"骄傲中国人"。国家富强，民族复兴，少年仍需努力向前。

春 望

〔唐〕杜 甫

国破山河在，城春草木深。

感时花溅泪，恨别鸟惊心。

烽火连三月，家书抵万金。

白头①搔②更短，浑欲不胜簪③。

注释：①白头：这里指白发。 ②搔：用手轻轻地抓。 ③簪（zān）：古时一种束发的工具。

诗情画意

　　国都沦陷，长安城破败不堪、千疮百孔，老百姓能逃亡的都逃亡了，叛军将整个长安城都烧毁了。大街上，建筑的废墟、商贩的招牌、酒家的旗子等都七零八落地堆在地上。又是一年春天到来了，如今长安城内杂草疯长，更显荒凉。看到花儿依旧盛开，诗人默默流泪，泪水落在了花瓣上，仿佛花儿也在伤心难过一样。忽然又传来几声鸟鸣，那是远在他乡的妻儿的呼唤吗？

　　战火已经持续了很久，如今自己的妻儿生死未卜，家书难寄，又岂是万两黄金比得上的？诗人看到自己瘦削的身体、凌乱的面容，又想到如今破败不堪的国家，不禁悲从心生，头发花白。谁知这白发竟越来越少，连发簪也插不上了。

朗诵密码

　　● 这首诗满含悲伤和愁绪，表达了诗人热爱国家、眷念家人的浓厚情感。

　　● 诗的前两行都在"望"中：满目荒凉的长安城内，建筑破败，杂草茂盛……朗诵时语调要低沉、舒缓。

　　● 第三行写出对家人的思念，朗诵时想象一位父亲、丈夫因战争长期得不到妻儿消息的焦虑，要把"连"的字音延长，读出战争持续的时间之久。

闻官军收河南河北①

〔唐〕杜 甫

剑外忽传收蓟北，初闻涕泪满衣裳。

却看妻子②愁何在，漫卷③诗书喜欲狂。

白日放歌须纵酒，青春④作伴好还乡。

即从巴峡穿巫峡，便下襄阳向洛阳。

注释：①公元763年，延续七年多的安史之乱终于结束了。一直过着漂泊不定的生活的杜甫听到这个消息，激动万分，以饱含激情的笔墨写下了这首诗。这首诗被后人赞为杜甫"生平第一快诗"。 ②妻子（qī zǐ）：妻子和儿女。 ③漫卷（juǎn）：胡乱地卷起。 ④青春：指明丽的春天的景色。

朗诵密码

● 整首诗围绕"喜"字展开。朗诵时，声音要洪亮，语调要昂扬，表达诗人的喜悦之情。

● 读最后一行时，"即从""便下""向"要读得轻快，体现诗人恨不得一下子就回到故乡的迫切心情。

诗情画意

　　这一天，诗人走在街上，突然听见周围的人在奔走相告：唐军大胜叛军，收复了河南河北。听到这个消息，诗人高兴极了，眼泪情不自禁地涌了出来，衣裳也被浸湿了。他赶紧跑回家，拉着妻子欣喜地说："夫人，赶紧收拾行李，我们可以回家了！"孩子们也欢呼雀跃起来："回家啦，回家啦！"他又跑到书房，把书胡乱地卷起来放在包里。他想：就让明媚的春光陪伴着我返回故乡吧。诗人恍惚间已经坐在了回家的船上，从巴峡穿过了巫峡，很快便到了繁华的襄阳。他一刻也不想停留，直奔家乡洛阳……

诗词互动

　　飞花令：请写出带"乡"字的诗句。

（1）白日放歌须纵酒，青春作伴好还乡。

（2）日暮乡关何处是？烟波江上使人愁。

（3）＿＿＿＿＿＿＿＿，＿＿＿＿＿＿＿＿。

（4）＿＿＿＿＿＿＿＿，＿＿＿＿＿＿＿＿。

（5）＿＿＿＿＿＿＿＿，＿＿＿＿＿＿＿＿。

过零丁洋①

〔宋〕文天祥

辛苦遭逢起一经，干戈寥落四周星。

山河破碎风飘絮，身世浮沉雨打萍。

惶恐滩头说惶恐，零丁洋里叹零丁。

人生自古谁无死？留取丹心②照汗青③。

注释：①零丁洋：水名，即"伶仃洋"，在今广东省珠江口外。 ②丹心：红心，比喻忠心。 ③汗青：古代在竹简上写字，先以火炙烤竹片，以防虫蛀，因竹片水分蒸发如汗，故称书简为汗青。这里特指史册。

诗人名片

文天祥，初名云孙，字宋瑞，又字履善，自号浮休道人、文山。南宋末年文学家、政治家。南宋末年，文天祥在潮州与元军作战被俘，途经伶仃洋，誓死不降，写下了这首《过零丁洋》。

诗情画意

　　我这一生的辛苦遭遇，都开始于一部儒家经书。国家的大好河山在战争中支离破碎，就像是柳絮一般，在狂风中被吹得零落飘散；而我和万千百姓就如那浮萍一样，在暴雨的打击下颠簸浮沉，流离失所，没有归属。我想起了那一年兵败江西，士兵死伤惨重，从惶恐滩头撤离的惨败让我至今惶恐。如今在这浩瀚的伶仃洋中，只有悲叹自己的孤苦伶仃。可自古人生在世，谁没有一死呢？为国而死，就是死得光荣，让我这颗对祖国的赤诚之心留下来光照青史吧！

朗诵密码

　　● 朗诵第一行时，语调要低缓，使用叙述的语气，如同在讲述自己的经历一般。

　　● 朗诵第二行时，要想象诗人的经历，读出国灭家破的凄苦和悲愤，突出"风飘絮""雨打萍"，语气要低沉，语速要缓慢。

　　● 朗诵最后一行时，要抱着以死明志的信念，语调要高昂，充满浩然正气。

满江红·写怀

〔宋〕岳 飞

怒发冲冠[1]，凭栏处、潇潇雨歇。抬望眼、仰天长啸，壮怀激烈。三十功名尘与土，八千里路云和月。莫等闲、白了少年头，空悲切[2]。

靖康耻，犹未雪。臣子恨，何时灭。驾长车踏破，贺兰山缺。壮志饥餐胡虏肉，笑谈渴饮匈奴血。待从头、收拾旧山河，朝天阙[3]。

注释：①怒发（fà）冲冠（guān）：气得头发竖起，以至于将帽子顶起，形容愤怒至极。 ②空悲切：指白白地哀痛。 ③朝天阙（què）：朝见皇帝。天阙，指皇帝居住的地方。

词人名片

岳飞，字鹏举，南宋时期抗金名将，位列南宋"中兴四将"之首。

◉ 诗情画意

　　站在山顶的亭子里眺望远处的汴京，只差一步之遥就可以收复此地了，可如今……想到这里，岳飞气得握紧拳头，脖子上青筋暴起，头发都竖起来了。他倚靠着栏杆，看着大好河山，一场疾风骤雨刚刚停歇，山河更加秀美壮丽。他抬头远望天空，不禁对天长啸："苍天啊！我的一片报国之志，如何才能施展？三十多年来驰骋沙场，虽建立了一些功名，但这些就如同尘土一般微不足道；征战南北，转战八千里，经历过多少风风雨雨。好男儿，就不能虚度时光，白白消磨青春，要抓紧时间建功立业，否则等白了头发，再悔恨悲伤也没有丝毫用处。靖康之变时，钦宗和徽宗被金人掳走的耻辱还没有被雪洗，作为被欺侮的臣子的愤恨，到什么时候才能泯灭？他日，我一定要驾着战车向金人所在的贺兰山进攻，把贺兰山踏为平地，收复失地。我有这样的抱负，我岳家军更有这样的雄心壮志。我和我的岳家军要从头再来，收复旧日大宋的河山凯旋，再带着捷报去都城朝拜天子。"

朗诵密码

　　● 上阕，词人以愤怒填膺的肖像描写起笔。写到凭栏抬望，感慨如此大好河山却落入金人之手时，词人的感情由盛怒转为略带忧郁。朗诵时，语调要平缓，仿佛在回忆往事。

　　● 下阕的第一句，三字一顿，要读得悲愤至极，继而豪气直冲云霄。我们仿佛看见岳飞和他的岳家军在战场上奋勇杀敌、所向披靡的场景。

　　● 读最后一句时，要把"朝天阙"三个字读得高昂，读出词人报效朝廷的一片赤诚之心。

南乡子·登京口北固亭有怀

〔宋〕辛弃疾

何处望神州？满眼风光北固楼。千古兴亡多少事？悠悠。不尽长江滚滚流。

年少万兜鍪，坐断东南战未休。天下英雄谁敌手？曹刘。生子当如孙仲谋。

注释：①兜鍪（dōu móu）：指千军万马。原指古代作战时兵士所戴的头盔，这里代指士兵。 ②曹刘：指曹操与刘备。

诗情画意

那一天，词人站在北固亭上，眺望着北方的万里江山，还是那么苍茫而辽远。从哪里可以看到故土中原呢？词人的眼前只有北固楼周围的一点壮丽江山。此情此景，不禁让词人思绪万千：千百年的盛衰兴亡，不知经历了多少世事、多少变幻，真是说也说不清呀！往事悠悠，就如同没有尽头的长江之水，奔流不息。

遥想当年，孙权在青年时代，就已统领千军万马，坐镇东南，连年征战。天下英雄里，谁是孙权的对手呢？恐怕只有曹操和刘备可以和他抗衡吧。难怪曹操说："生下的儿子就应当像孙权一样英武！"

朗诵密码

● 这首词上阙写景，下阕抒怀，整首词的情感一悲二叹三赞美。朗诵时要注意情感的变化。

● 上阕中，前两句的弦外之音是中原已被敌人占领，朗诵时要放慢语速，声音要低沉。后几句慨叹往事悠悠，朗诵问句时，语调要上扬；以答结句时，语调要沉下来。"悠悠"是叠词，朗诵时要拖长声音，表现时光的漫长。

● 下阕赞美了古人孙权的英武，精神气概也为之一振。朗诵时，语速要渐快，语气要略显高亢。最后几句含蓄地讽刺了南宋统治者不思进取，所以词人的高亢中包含忧愤，豪气中又满含讽刺。朗诵时，在"当如"后应有明显停顿，读"孙仲谋"时要拖长声音，让词人心中的郁闷一吐为快。

诗词剧场

赤胆忠心铸国魂

男 　打开记忆的长卷，走进岁月的星河。

女 　杜甫在自己的茅屋被秋风吹破的时候，依然还惦念着为天下苍生挡风遮雨，所以说，诗词从来就不只局限在诗人一方小小的书斋里。

男 　它更包含着心忧家国、胸怀天下的一份情怀。

女 　它可以是"愿得此身长报国，何须生入玉门关"的满腔赤诚。

男 　它也可以是"苟利国家生死以，岂因祸福避趋之"的坚定信念。

女 　千百年来，正是这份报国的赤胆忠心，震撼着、感动着一代又一代中华儿女。

合 　让我们用慷慨的爱国诗篇，献给我们伟大的祖国。

第一幕　心系天下，忧国忧民

男 　有一种爱国，是自己一生命运多舛，却一直心系天下。他是当之无愧的"诗圣"。

学生1 在生机勃勃的春天，他望到了国破，望见了苍生，忧虑得直搔头发，这就是《春望》。

春 望

国破山河在，城春草木深。感时花溅泪，恨别鸟惊心。

烽火连三月，家书抵万金。白头搔更短，浑欲不胜簪。

学生2 当听到收复失地之时，他高兴得像是发了狂，这就是《闻官军收河南河北》。

闻官军收河南河北

剑外忽传收蓟北，初闻涕泪满衣裳。

却看妻子愁何在，漫卷诗书喜欲狂。

白日放歌须纵酒，青春作伴好还乡。

即从巴峡穿巫峡，便下襄阳向洛阳。

第二幕 驰骋战场，报效祖国

女 有一种爱国，是祖国疆土当以死守，不可以尺寸与人的信念。

学生3 是"待从头、收拾旧山河"的壮志雄心。

满江红·写怀

怒发冲冠，凭栏处、潇潇雨歇。抬望眼、仰天长啸，壮怀激烈。三十功名尘与土，八千里路云和月。莫等闲、白了少年头，空悲切。

靖康耻，犹未雪。臣子恨，何时灭。驾长车踏破，贺兰山缺。壮志饥餐胡虏肉，笑谈渴饮匈奴血。待从头、收拾旧山河，朝天阙。

第三幕 忠于祖国，至死不渝

男 这种强烈的爱国精神，已经深深地流进每一个华夏儿女的血液里，成为至死不渝的信念和追求。

学生4 生命将止，爱国却至死不渝，这就是文天祥临终的绝唱。

学生5 在生与死的选择中，他毅然选择为国而死，唱出了即使死也要留下一片赤诚之心的赞歌。

过零丁洋

辛苦遭逢起一经，干戈寥落四周星。

山河破碎风飘絮，身世浮沉雨打萍。

惶恐滩头说惶恐，零丁洋里叹零丁。

人生自古谁无死？留取丹心照汗青。

男 天下兴亡，匹夫有责。

女 我们生在红旗下，长在春风里。

男 目光所至，皆为华夏；

女 五星闪耀，皆为信仰。

齐 愿以吾辈之青春，捍卫盛世之中华！

实践活动

参观访问当地的革命英雄纪念馆或革命英雄纪念碑，积累并大声朗诵有代表性、充满报国之志的诗词。

人生哲思

第八单元

诗词之美，美在内容之丰富、意境之浪漫、想象之奇特、感情之真挚……但还有一个重要因素，那就是诗词所表现出来的哲理性。它是诗人智慧的结晶、思想的精华。读读这些诗词，汲取古代先贤的人生智慧，真是获益良多啊！

七步诗

〔三国·魏〕曹　植

煮豆持①作羹，

漉②菽③以为汁。

萁④在釜⑤下燃，

豆在釜中泣。

本自同根生，

相煎何太急？

注释：①持：用来。　②漉（lù）：过滤。　③菽（shū）：豆。这句的意思是说把豆子的残渣过滤出去，留下豆汁作羹。　④萁（qí）：豆类植物脱粒后剩下的茎。　⑤釜（fǔ）：锅。

诗人名片

曹植，字子建，又称陈思王，为曹操第三子，魏文帝曹丕之弟。三国时期著名文学家、诗人、音乐家，后人因其文学上的造诣而将他与曹操、曹丕合称为"三曹"。

诗情画意

　　哥哥曹丕称帝后，担心学富五车的弟弟曹植会威胁自己的帝位，想除掉曹植，于是命其在七步内作出一首诗。曹植无奈，心想：拿豆子来做豆羹，还要在锅下燃烧豆茎，豆子承受着熊熊火焰的炙烤，只能在锅里哭泣。唉，豆茎和豆子本是从同一条根上生长出来的，为什么要相互煎熬，逼迫得那么狠呢？

朗诵密码

　　● 曹植以"豆"自喻，一个"泣"字充分表达了其内心的悲伤与痛苦。朗诵此诗时，语气要委婉深沉、如泣如诉。

　　● 读前四行时，语气要似在娓娓诉说，突出"燃""泣"。

　　● 读最后一行时，语调要上扬，表现出曹植对曹丕残害兄弟的质问和批评。

诗词互动

　　下列人物中，哪一对不是兄弟？（　　　）

　　A. 曹丕、曹植

　　B. 杜甫、杜牧

　　C. 苏轼、苏辙

蜂

〔唐〕罗 隐

不论平地与山尖，

无限风光尽被占。

采得百花成蜜后，

为谁辛苦为谁甜？

诗人名片

　　罗隐，本名横，字昭谏，自号江东生，唐代文学家、诗人、辞赋家。因屡次科举不中，于是改名为"隐"。与罗虬、罗邺并称"三罗"。著有《江东甲乙集》《谗书》《太平两同书》《淮海寓言》《广陵妖乱志》等。

诗情画意

蜜蜂——春日下的小精灵，无论是在平原还是山野，到处都可以见到你忙忙碌碌采蜜的身影。无限风光，都被你尽情观赏。"嗡嗡嗡""嗡嗡嗡"，在每一朵鲜花上，你忙碌的身影从不停歇。终于，百花被你采尽，你通过辛苦的劳动酿成了香甜的蜂蜜。这些甜蜜的结晶，究竟会给谁的日子带来快乐和满足呢？

朗诵密码

● 诗人以蜜蜂为喻，赞美吃苦耐劳、为社会创造财富的劳动人民。

● 前两行赞美了蜜蜂的辛勤劳动，朗诵时语调要高，突出"不论""无限""尽"。

● 后两行看似是一句问话，其实是一声深沉的慨叹、一笔犀利的讽刺。朗诵第三行时，语调转低，至第四行时语调上扬，读出疑问、诘责的语气，表现对劳动人民的同情。

诗词互动

飞花令：请写出带"百"字的诗句。

（1）采得百花成蜜后，为谁辛苦为谁甜？

（2）将军百战死，壮士十年归。

（3）＿＿＿＿＿＿＿＿，＿＿＿＿＿＿＿＿。

酬乐天扬州初逢席上见赠

〔唐〕刘禹锡

巴山楚水凄凉地，二十三年弃置身。

怀旧空吟闻笛赋①，到乡翻似烂柯人②。

沉舟侧畔千帆过，病树前头万木春。

今日听君歌一曲，暂凭杯酒长精神。

注释：①闻笛赋：指西晋向秀的《思旧赋》。三国曹魏末年，向秀的朋友嵇康、吕安因不满司马氏篡权而被杀害。后来，向秀经过嵇康、吕安的旧居，听到邻人吹笛，不禁悲从中来，于是作《思旧赋》。　②烂柯人：指晋人王质。相传晋人王质上山砍柴，看见两个童子下棋，就停下观看。等棋局终了，他手中的斧柄（柯）已经朽烂。回到村里，王质才知道已过了一百年，同代人都已经亡故。作者借此典故表达自己遭贬二十三年的感慨。

诗人名片

刘禹锡，字梦得，唐代中晚期文学家，有"诗豪"之称。刘禹锡诗文俱佳，涉猎题材广泛，与白居易并称"刘白"，与柳宗元并称"刘柳"，与韦应物、白居易合称"三杰"。代表作品有《陋室铭》《竹枝词》《杨柳枝词》《乌衣巷》等。

诗情画意

　　巴山楚水一带荒远凄凉，我被朝廷贬在那里已经有二十三年了。如今，熟悉的人都已离去，物是人非，耳边响起悠悠的笛声，我更加怀念他们；自己也仿佛成了民间故事中那个烂掉了斧头的人，无人相识，真是恍如隔世啊！尽管如此，我仍然对生活充满热爱。你看，沉船的旁边有千帆驶过，病树的前头依然是绿意盎然、万木争春。朋友啊，谢谢你为我作的那首诗，就让我借这杯美酒重新振作精神吧。

朗诵密码

　　● 这首诗表现了诗人虽历经艰辛与磨难，但并未失去积极进取的热情和对未来的坚定信念。

　　● 读前两行时，要用悲凉感慨的语气，语调要低。

　　● 读第三行时，语气要突然振奋，一改前面伤感低沉的情绪。

　　● 最后一行便顺势而下，表达了诗人重新投入生活的意愿及坚韧不拔的意志。

诗词互动

沉	舟		畔			过		病	树		头			春

	门		户	瞳	瞳				紫		红	总	是	

游山西村

〔宋〕陆 游

莫笑农家腊酒①浑，丰年留客足鸡豚②。

山重水复疑无路，柳暗花明又一村。

箫鼓追随春社③近，衣冠简朴古风存。

从今若许闲乘月，拄杖无时夜叩门。

注释： ①腊酒：腊月酿造的酒。 ②豚（tún）：小猪。此处代指猪肉。 ③春社：古代以立春后第五个戊日为春社日，拜祭社神，祈求丰收。

诗情画意

　　不要笑农家腊月里酿的酒浑浊，酒味虽薄，农家待客却十分热情。你看，在丰收的年景里，乡亲们杀鸡宰猪，制作丰盛的菜肴招待客人。山峦重叠，水流曲折，我行走在青山绿水之间，发觉山路也变得愈发难走。正在迷惘之际，忽然看见前面花明柳绿，几间农家茅舍显现，顿觉豁然开朗。这一天正值农家祭社祈年，人们穿着简朴，吹吹打打，依然保留着古老热闹的乡土风俗。不知不觉已明月高悬，但愿今后，我依然能拄着拐杖，乘着月色，轻叩柴门，与农家亲切地交谈。此情此景，不亦乐乎！

朗诵密码

● 这首诗表现了诗人对农家田园生活的喜爱和恋恋不舍的感情。

● 第一句中，一个"足"字透露着诗人的满意，朗诵时，语气要欣然愉悦。

● 读第二句的前半句时，语调要低，表现迷茫困惑之情；读后半句时语调转高，读出喜爱与留恋之情。

诗词互动

1.飞花令：请写出带"柳"字的诗句。

（1）山重水复疑无路，柳暗花明又一村。

（2）月上柳梢头，人约黄昏后。

（3）＿＿＿＿＿＿＿，＿＿＿＿＿＿＿。

（4）＿＿＿＿＿＿＿，＿＿＿＿＿＿＿。

（5）＿＿＿＿＿＿＿，＿＿＿＿＿＿＿。

2.飞花令：请写出带反义词的诗句。

（1）远看山有色，近听水无声。

（2）夜来风雨声，花落知多少。

（3）＿＿＿＿＿＿＿，＿＿＿＿＿＿＿。

（4）＿＿＿＿＿＿＿，＿＿＿＿＿＿＿。

（5）＿＿＿＿＿＿＿，＿＿＿＿＿＿＿。

登飞来峰

〔宋〕王安石

飞来山上千寻塔①，

闻说鸡鸣见日升。

不畏浮云遮望眼，

自缘身在最高层。

注释：①千寻塔：很高很高的塔。寻，古代长度单位，八尺为寻。

诗人名片

　　王安石，字介甫，号半山，北宋政治家、文学家、改革家。他的散文雄健峭拔，名列"唐宋八大家"之一；其诗长于说理与修辞，晚年诗风含蓄深沉、深婉不迫，以丰神远韵的风格在北宋诗坛自成一家，世称"王荆公体"；其词虽不多而风格高峻。今人辑有《王安石全集》。

诗情画意

飞来峰顶有座高耸入云的塔，听说鸡鸣时分就可以看见旭日升起。我不怕层层浮云遮住我远眺的视野，因为我站在这飞来峰的最高处。登高望远，视野开阔，真是令人心旷神怡。

朗诵密码

● 这是一首写景抒情诗，表达了诗人踌躇满志的情怀。

● 前两行写景，突出了飞来峰之高，充满生机。朗诵时要发挥想象，读出诗人所处的高远境界。

● 后两行抒发情怀，朗诵时，语气要铿锵有力、自信满满。

诗词互动

请根据下述线索猜出一位诗人。（　　　　　）

（1）他是诗人，也是宰相。

（2）他生活在宋代。

（3）他和苏轼政治立场不同。

（4）他有名句"春风又绿江南岸，明月何时照我还"。

诗词剧场　漫游在古诗词的星河里

男　　　渺渺星河，绵延三万里。

女　　　悠悠华夏，上下五千年。

男　　　浩瀚无垠的宇宙，散落着无数的星系、恒星和行星，深藏着无数不为人知的秘密。

女　　　古老伟大的祖国，拥有楚辞、汉赋的绝唱，拥有"李杜文章在，光芒万丈长"的诗歌魅力。

男　　　今天，站在这文化圣殿里，请允许我们用稚嫩而嘹亮的童声，唱响千古流传的不朽名篇。

集体　　（古诗新唱《长歌行》）

青青园中葵，朝露待日晞。

阳春布德泽，万物生光辉。

常恐秋节至，焜黄华叶衰。

百川东到海，何时复西归？

少壮不努力，老大徒伤悲。

女　　　古代诗歌追求诗情画意，只要我们留心品味，便会发现"诗中有画，画中有诗"。

男　　　"大漠孤烟直，长河落日圆"，一幅多么广阔苍凉的画面！

女	"竹外桃花三两枝，春江水暖鸭先知"，一幅多么充满诗情画意的春江晚景图画。
男	"忽如一夜春风来，千树万树梨花开"的壮美意境，颇富浪漫色彩，似乎给寒冷的冬天抹上了一层暖暖的春意。
女	"采菊东篱下，悠然见南山"，那是怎样一种悠然自得的生活啊！在东篱下采菊，不经意间抬头远望，远山的秀影顿时映入眼帘，这种意外的惊喜也不知唤起了多少人的遐想。
男	的确如此。一说到古诗，你知道人们最先想到的通常是哪首诗吗？
女	我知道，是李白的《静夜思》。
男	对。这首诗内容简短，但其中的诗意却让人回味无穷。
所有男生	（配乐齐诵）

床前明月光，疑是地上霜。

举头望明月，低头思故乡。

女	还有一首诗是千百年来慈母的形象代言，你知道是哪首诗吗？
男	哪一首呀？
女	孟郊的《游子吟》呀。
所有女生	（配乐齐诵）

慈母手中线，游子身上衣。

临行密密缝，意恐迟迟归。

谁言寸草心，报得三春晖。

男　　　　"熟读唐诗三百首，不会作诗也会吟"，这句话生动形象地说明了朗诵的重要性。

女　　　　正所谓"腹有诗书气自华"，请欣赏我们女生的"满腹诗书背古诗"才艺展示——古诗词中的山水风光。

所有女生　（配乐齐诵）

　　　　　　（1）西塞山前白鹭飞，桃花流水鳜鱼肥。

　　　　　　（2）日出江花红胜火，春来江水绿如蓝。

　　　　　　（3）落霞与孤鹜齐飞，秋水共长天一色。

　　　　　　（4）正是江南好风景，落花时节又逢君。

男　　　　古诗词中的山水风光，这个简单。我们男生也能来上几句。

所有男生　（配乐齐诵）

　　　　　　（1）孤帆远影碧空尽，唯见长江天际流。

　　　　　　（2）黄河之水天上来，奔流到海不复回。

　　　　　　（3）天门中断楚江开，碧水东流至此回。

　　　　　　（4）黄河远上白云间，一片孤城万仞山。

女　　　　一切景语皆情语。在古诗词中，我们可以体会人世间的悲欢离合、儿女情长。请听——古诗词中的离别情绪。

所有女生　（配乐齐诵）

　　　　　　（1）相见时难别亦难，东风无力百花残。

　　　　　　（2）桃花潭水深千尺，不及汪伦送我情。

　　　　　　（3）莫愁前路无知己，天下谁人不识君？

　　　　　　（4）劝君更尽一杯酒，西出阳关无故人。

（5）人有悲欢离合，月有阴晴圆缺，此事古难全。

　　　（6）但愿人长久，千里共婵娟。

男　　　好男儿当志在四方，以身报国。请听——古诗词中的家国之志。

屈原　　（男生扮演，缓缓走上，抬头）路漫漫其修远兮，吾将上下而求索。

大将军　（男生扮演，疾走上台，挥旗，站定）但使龙城飞将在，不教胡马度阴山。

陆游　　（男生扮演，慷慨激昂）位卑未敢忘忧国，事定犹须待阖棺。

文天祥　（男生扮演，大义凛然，身披枷锁）人生自古谁无死？留取丹心照汗青。

所有男生（齐诵）人生自古谁无死？留取丹心照汗青。

男　　　中华诗词情感丰富，

女　　　中华诗词语言精练；

男　　　中华诗词意境深远，

女　　　中华诗词生动形象；

男　　　中华诗词脍炙人口，

女　　　中华诗词灿烂辉煌。

男　　　让我们步入诗的王国，

女　　　让我们品味诗的芬芳。

合　　　让我们漫游在古诗词的星河里，前行！

实践活动

从本单元的诗词中选择一首，将其端端正正地写下来，形成一幅书法作品。注意，书写工整，行款整齐。写好后，把作品给爸爸妈妈欣赏，听听他们的意见。